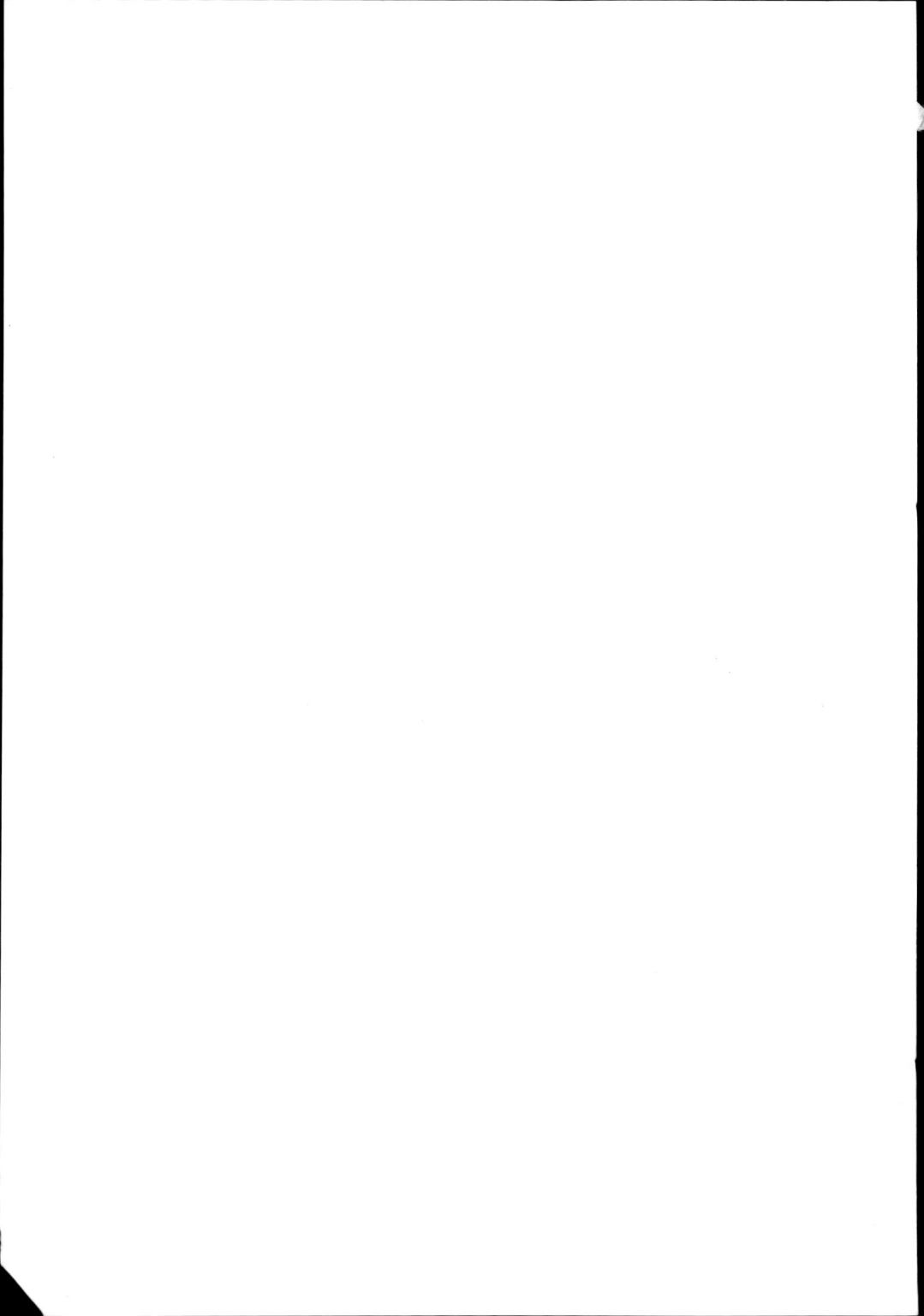

Milan Kundera

米兰·昆德拉

许钧——译

ŒUVRES DE MILAN KUNDERA

L'ignorance

无知

上海译文出版社

图书在版编目（CIP）数据

无知/昆德拉(Kundera，M.)著；许钧译.
—上海：上海译文出版社，2014.7（2023.9重印）
（米兰·昆德拉作品全新系列）
ISBN 978-7-5327-6639-0

Ⅰ.①无…　Ⅱ.①昆…②许…
Ⅲ.①长篇小说-法国-现代　Ⅳ.①I565.45

中国版本图书馆 CIP 数据核字(2014) 第109335号

Milan Kundera
L'ignorance

图字：09-2003-375号

无知　　　　　　　　|　MILAN KUNDERA　　|　出版统筹　赵武平
L'ignorance　　　　|　米兰·昆德拉 著　　|　责任编辑　周 冉　张 鑫
　　　　　　　　　　|　许钧 译　　　　　　|　装帧设计　杨林青

上海译文出版社有限公司出版、发行
网址：www.yiwen.com.cn
201101 上海市闵行区号景路159弄B座
杭州宏雅印刷有限公司印刷

开本 890×1240　1/32　印张 6.5　插页 5　字数 70,000
2014 年 7 月第 1 版　2023 年 9 月第 13 次印刷

ISBN 978-7-5327-6639-0/I·3997
定价：68.00元

1

"你还在这儿干什么？"她说话并不凶，但也不客气；茜尔薇是在生气。

"那我该在哪儿？"伊莱娜反问。

"在你家！"

"你想说我在这儿就不再是在自己家了？"

当然，她并不想把她逐出法兰西，也不想让她觉得自己是个不受欢迎的外国人："你知道我想说什么！"

"是的，我知道，可你怎么忘了我在这儿有工作？有住房？还有孩子？"

"听着，我了解古斯塔夫。他一定会想方设法，让你回到祖国。你那两个女儿，别跟我开玩笑了！她们都有了自己的生活！我的上帝，伊莱娜，目前在你家乡发生的一切，是那么令人神往！在这样的情况下，事情总是好办的。"

"可是，茜尔薇！并不仅仅是实际问题，像就业啦，住房啦。我在这儿已经生活了二十年。我的生活在这里！"

"你家乡在闹革命！"她以无可争辩的口吻说。然后她缄口不语，想以沉默告诉伊莱娜，大事当前，不得逃避。

"可是一旦我回国，我们就再也见不到了。"伊莱娜说，想置女友于两难窘境。

本想以情动人，不料适得其反。茜尔薇的声音顿时变得热情起来："亲爱的，我一定去看你！我答应，答应你了！"

她俩久久地相对而坐，面前摆着两个空空的咖啡杯。伊莱娜看见茜尔薇朝自己倾来身子，热泪盈眶地紧握着自己的手，说："你这可是大回归啊。"说着又重复了一遍："大回归。"

这几个字一经重复，就充满无比的力量，伊莱娜看见自己的心底刻下了这三个大字：大回归。她不再抗拒，因为此时，她已被眼前的景象迷惑，突然间闪现出旧时读过的书，看过的电影，闪现出自己的记忆，也许也是祖先的记忆，那是与慈母重逢的游子；是被残酷的命运分离而又回到心爱的人身旁的男人；是每人心中都始终耸立的故宅；是印着儿时足迹而今重又展现的乡间小道；是多少年流离颠沛后重见故乡之岛的尤利西斯；回归，回归，回归的神奇魔力。

2

回归（retour）一词，希腊语为 *nostos*。*Algos* 意为"痛苦"。由此，nostalgie 一词的意思即是由未满足的回归欲望引起的痛苦。就此基本概念而言，大多数欧洲人都可使用一个源于希腊语的词（*nostalgie*，*nostalgia*），另外也可使用源于民族语言的其他词：如西班牙人说 *añoranza*；葡萄牙人则说 *saudade*。在每一门语言中，这些词都有着某种细微的语义差别。它们往往只是表示因不能回到故乡而勾起的悲伤之情。Mal du pays（思乡病）。Mal du chez-soi（思家病）。英语叫 *homesickness*。德语为 *heimweh*。荷兰语为 *heimwee*。但是却将这一大的概念限于空间。然而，欧洲最古老的语言之一冰岛语却明确地区分了两种说法：一个为 *söknudur*，指普遍意义上的 nostalgie，另一个为 *heimfra*，意即"思乡病"。捷克人则除源于希腊语的 *nostalgie* 外，表达这一概念的还有名词 *stesk* 和它的动词；捷克最感人的情话是：*stýská se mi po tobě*，即法语

j'ai la nostalgie de toi，意思是："我不能承受你不在身边的痛苦。"西班牙语中，*añoranza* 源自动词 *añorar*（相思），*añorar* 又源自加泰罗尼亚语的 *enyorar*，而该词又由拉丁语的 *ignorare*（ignorer）派生而来。通过这番词源学的启迪，nostalgie 即可视作不知情造成的痛苦。你在远处，我不知道你怎么样了。我的家乡在远处，我不知道家乡发生了什么事。某些语言在表达 nostalgie 这一概念时有些困难：法国人只能以源自希腊语的名词来表达，没有动词形式。他们可以说：*je m'ennuie de toi*（我由于你不在而心烦），但 *s'ennuyer* 一词弱而冷，总之太轻了，不能表达如此沉重的情感。德国人很少使用希腊语形式的 nostalgie 一词，喜欢说 *Sehnsucht*，意为"对不在之物的欲望"，但 *Sehnsucht* 既可指存在过的也可指从未存在过的（一次新的冒险），因此并不一定就会有 *nostos* 的意思。要使 *Sehnsucht* 一词含有挥之不去的回归念头的意思，就得在该词后增加补语：*Sehnsucht nach der Vergangenheit，nach der verlorenen Kindheit，nach der ersten Liebe*（对过去，对逝去的童年，对初恋的怀念）。

思乡之情的奠基性史诗《奥德赛》产生于古希腊文化的黎明时期。我们再强调说明一下：尤利西斯这个有史以来最伟大的冒险家也是最伟大的思乡者。他去参加（并不太乐意）特洛伊战争，一去就是十年。后来，他迫不及待要回到故乡伊塔克，但诸神的阴谋耽搁了他的归程，前三年里充满了神奇的遭遇，后七年里他则成了女神卡吕普索的人质和情人。卡吕普索爱上了他，一直不让他离开小岛。

在《奥德赛》的第五歌中，尤利西斯对她说："不管珀涅罗珀有多庄重，但与你相比，就谈不上什么伟大与美丽……然而，我每天都在许一个愿，那就是回到那里去，在我的家园看到回归之日！"荷马继续写道："尤利西斯在倾诉着，太阳落沉；黄昏降临：他俩又回到岩洞深处，在穹顶下拥抱相爱。"

伊莱娜长期以来的可怜流亡生活与此毫无可比之处。尤利西斯在卡吕普索那儿过的是真正的 *dolce vita*，也就是安逸的生活，快乐的生活。可是，在异乡的安乐生活与充满冒险的回归这两者之间，他选择的是回归。他舍弃对未知（冒险）的激情探索而选择了对已知（回归）的赞颂。较之无限（因为冒险永远都不想结束），他宁要有限（因为回归是与生命之有限性的一种妥协）。

　　法伊阿基亚的水手没有叫醒尤利西斯，而是把身上裹着床单的尤利西斯放在伊塔克海边的一棵橄榄树下，悄悄地走了。归程由此结束。他精疲力竭，在沉睡着。醒来时，他不知自己身在何处，雅典娜拨开了他眼前的迷雾，接踵而至的是沉醉；是对大回归的沉醉；是对已知的迷醉；是让天地间空气震颤的音乐：他看见了儿时熟悉的锚地，看见了眼前矗立的大山，他抚摸着古老的橄榄树，让自己确信自己一直像在二十年前一样。

　　一九五〇年，阿诺德·勋伯格①在美国待了整整十七年之后，一个记者向他提了几个不善而且幼稚的问题：流亡生活是否真的会使艺术家丧失创造力？一旦故乡之根停止提供养料，他们的灵感是否真的就会立即枯竭？

---

① Arnold Schoberg（1874 — 1951），犹太裔奥地利作曲家，后入美国籍，十二音体系理论家。

你们想一想！大屠杀之后才五年啊！勋伯格对那片故土没有思恋之情，一个美国记者竟然不予宽恕，要知道当年天下最恐怖的事是当着勋伯格的面在那儿发起的呀！但是，没有办法，荷马以桂冠来颂扬思乡之情，由此划定了情感的道德等级。珀涅罗珀占据了等级之巅，远远高于卡吕普索。

卡吕普索，啊，卡吕普索！我常常想起她！她爱上了尤利西斯。他们在一起生活了整整七年。不知道尤利西斯与珀涅罗珀同床共枕有多长时间，但肯定没有这么久。然而，人们却赞颂珀涅罗珀的痛苦，而不在乎卡吕普索的泪水。

3

　　就像是斧斫的一样，欧洲二十世纪的重大日子都刻下了深深的伤痕。一九一四年的第一次世界大战，第二次世界大战，以及后来历时最长、称为冷战、最后在一九八九年宣告结束的第三次大战。除了这些关涉整个欧洲的重大日子，还有一些次等重要的日子决定了某些民族的命运：一九三六年西班牙内战；一九五六年俄国入侵匈牙利；一九四八年南斯拉夫人反抗斯大林，一九九一年又开始自相残杀。斯堪的纳维亚人、荷兰人和英国人在一九四五年以后幸运地没有遭遇任何重大日子，他们得以生活了美妙而又虚空的半个世纪。

　　在这个世纪，捷克人的历史由于"二十"这个数字的三次重复而具有了非凡的数学美。经历了数个世纪的岁月之后，他们于一九一八年获得国家独立，而在一九三八年又丧失了。

　　一九四八年，由莫斯科引入的革命开启了第二个二十年的恐怖，后来在一九六八年，以俄国人气不过该国放肆的解放，兴兵五十万入侵该国而告结束。

占领政权于一九六九年秋牢固地建立，但谁也没有料到，又于一九八九年秋悄悄地、有礼有节地撤除了，与当时欧洲所有的共产党政权一模一样。这是第三个二十年。

只是在我们这个世纪，历史上的重大日子才如此贪婪地主宰每一个人的生命。如若不首先对重大日子作一番分析，便不可能理解伊莱娜在法国的存在。在本世纪五六十年代，一个来自共产党国家的流亡者在法国是很不让人喜欢的；法国人当时把法西斯主义视为惟一真正的灾祸：希特勒，墨索里尼，佛朗哥的西班牙，拉丁美洲的独裁。直到六十年代末和七十年代，他们才渐渐拿定主意，把共产主义设想为一种灾祸，尽管是低一层次的灾祸，我们姑且称其为二号灾祸。正是在这个时期，在一九六九年，伊莱娜和她丈夫流亡到法国。他们很快明白，与头号灾祸相比，落到他们祖国头上的灾难实在太没有血腥味，无法触动他们的新朋友。一次次解释，他们养成了习惯，几乎每次都这么说：

"不管有多可怕，法西斯专政总归会随着独裁者的灭亡而倒台，人们总算有点指望。可是，以无边的俄罗斯文明为支撑的共产主义，对于波兰，对于匈牙利（且不谈爱沙尼亚）来说，则是没有尽头的黑洞。独裁者是会灭亡的，但俄罗斯是永存的。我们逃离的国家所遇到的灾难，是一点儿希望都没有的。"

他们就这样一次次忠实地表达自己的想法，伊莱娜还举当时的捷克诗人扬·斯卡采尔的一首四行诗为证：他谈起笼罩在他心头的悲苦；这份悲苦，他多么想将它掀掉，推向远处，用它为自己造一间屋，关在里边三百年，三百年里永不开门，对谁都不开门！

三百年？斯卡采尔是在七十年代写的这几句诗，可在一九八九年秋天就去世了，几天后，曾经在他眼前展现的悲苦的三百年在短短几天里化为乌有：布拉格的街头挤满了人，人们高举的手中那一串串钥匙敲击着，如钟声般宣告着新时代的到来。

斯卡采尔说三百年莫非错了？当然错了。任何预测都会出错，这是赋予人类的少有的确证之一。但是，如果说预言错了，对预言者而言却是真的，不是就他们的未来而言，而是就他们的当时而言。在我称之为第一个二十年的那个时代（一九一八至一九三八年），捷克人曾以为他们的共和国前程无限。他们想错了，但正是因为他们想错了，他们才在欢乐中度过了那些岁月，而欢乐使他们的艺术有了前所未有的繁荣。

俄国人入侵之后，捷克人丝毫没有想过这种意识形态最终会垮台，他们又想像自己生活在一个没有尽头的世界里。因而，夺去他们的力量，遏制他们的勇气，致使这第三个二十年如此卑怯、如此悲苦的，不是他们真实生活的痛苦，而是未来的虚空。

阿诺德·勋伯格坚信以其十二音美学打开了音乐史的远大前景，他于一九二一年宣称，多亏了他，德意志音乐（他是维也纳人，没有说"奥地利"音乐，却说"德意志"音乐）的统治地位（他没有说"荣耀"，而是说 Vorherrschaft，即"统治"）将在未来的一百年里（我的援引准确无误，他确实说过"一百年"）得到保证。但这番预言之后十二年，即一九三三年，他由于是犹太人而被驱出德国（他想要保证其 Vorherrschaft 地位的正是这个国家），随之而去的，是建立在其十二音美学（被谴责为费解的，精英主义的，世界主义的，对德意志精神抱有敌意的）之上的整个音乐。

勋伯格的预言不管有多大的错，对想理解其作品意义的人来说，还是不可缺少的，他以为自己的作品不是摧毁性的，不是神秘的、世界主义的，也不是个人主义的、难解的、抽象的，而是深深根植于"德意志土壤"（是的，他说的是"德意志土壤"）的；勋伯格认为他在谱写的，不是伟大的欧洲音乐史的迷人尾声（我倾向于这样理解他的作品），而是无限的辉煌前程的序曲。

4

　　自流亡生活的最初几周起，伊莱娜就常做一些奇怪的梦：人在飞机上，飞机改变航线，降落在一个陌生的机场；一些人身穿制服，全副武装，在舷梯下等着她；她额头上顿时渗出冷汗，认出那是一帮捷克警察。另一次，她正在法国的一座小城里闲逛，忽见一群奇怪的女人，每人手上端着一大杯啤酒向她奔来，用捷克语冲她说话，嬉笑中带着阴险的热忱。伊莱娜惊恐不已，发现自己竟然还在布拉格，一声惊叫，醒了过来。

　　她丈夫马丁也常做同样的梦。每天早晨，他们都互相倾诉梦中回到故乡的恐怖经历。后来，伊莱娜跟一个波兰的朋友闲聊，这女人也是个流亡者，交流中，伊莱娜终于明白，凡流亡者，都会做这样的梦，所有人，没有例外；一开始，伊莱娜为一群素不相识的人在黑夜中竟有这份友爱而感动。但后来又感到一丝不快：如此私密的梦中经历怎么能集体感受到呢？那独一无二的灵魂何在？然而思考这些根本没有答案的问题，何苦呢？不过有一点很清楚，就是成千上万的流亡者，在同一个夜晚，虽然梦境形形色色，但大同小异，做的是同一个梦。流亡者之梦：二十世纪下半叶最奇怪的现象之一。

这种可怕的噩梦在伊莱娜看来，简直太不可思议了，因为她感到自己同时还饱受不可抑制的思乡之情的煎熬，有着另一番体验，那是完全不同的体验：明明在白天，她脑海中却常常闪现故乡的景色。不，那不是梦，不是那种长久不断，有感觉、有意识的梦，完全是另一番模样：一些景色在脑海中一闪，突然，出乎意料，随即又飞快消失。有时，她正在和上司交谈，忽然，像划过一道闪电，她看见田野中出现一条小路。有时在拥挤的地铁车厢里，一条布拉格绿地中的小径也会突然浮现在她眼前，转瞬即逝。整个白天，这些景象闪闪灭灭，在她的脑中浮现，缓解她对那失去的波希米亚的思念。

同一个潜意识导演在白天给她送来故土的景色，那是一个个幸福的片断，而在夜晚则给她安排了回归故土的恐怖经

历。白天闪现的是被抛弃的故土的美丽，夜晚则是回归故土的
恐惧。白天向她展现的是她失去的天堂，而夜晚则是她逃离的
地狱。

5

　　共产主义国家都忠于法国大革命的传统，痛斥流亡行径，将
之视作最可恨的背叛。凡留在国外的人，全都在国内被缺席判了
罪，他们的同胞谁也不敢与他们有什么联系。然而，随着时间的
推移，严厉的痛斥也逐渐变得缓和起来，在一九八九年之前的几
年，那时，伊莱娜的母亲丧夫不久，又退了休，害不了什么人，
于是获得签证，由国家的旅行社组织去意大利玩了一个星期。第
二年，她决定来巴黎待上五天，偷偷看望一下女儿。伊莱娜很激
动，想像母亲已经很老了，心中对她充满怜悯，为她在旅馆订了
一个房间，并把自己假期的最后几天全部留出来，要好好陪陪
母亲。

　　"你看上去不那么糟嘛。"见面时，母亲对伊莱娜说。然后她
又笑着补充道："我嘛，也不算糟。边防警察看了一眼我的护照，
对我说，这是假护照，太太！您的出生年月不对！"伊莱娜顿时发

现这还是她从前所熟悉的母亲，感到虽然将近二十个年头过去了，但一切都未曾改变。对老迈的母亲的那份怜悯之心一时消失了。母女俩面面相对，就好像是站在时间之外的两个人，像是两个超越时间的本质。

　　但是，如果一个女儿面对十七年后来看望自己的母亲却一点也高兴不起来，那岂不是很糟糕？伊莱娜调动自己的一切理智和道德感，让自己表现得像一个永远忠实的女儿。她领着母亲上埃菲尔铁塔的观景餐厅吃晚饭；又带她到塞纳河坐游船看巴黎。母亲想要看画展，伊莱娜又陪她去了毕加索纪念馆。在第二展厅，母亲一时停住脚步，说："我有个朋友，是个画家，她送了我两幅画，你想像不出有多美！"到了第三展厅，母亲突然想要去看印象派的画："在网球场美术馆有一个常年展览。""没有了，印象派早就不在网球场那儿了，"伊莱娜说。"在，在，"母亲连忙说，"就在网球场那边。我知道在，看不到梵高的画我是不会离开巴黎的。"伊莱娜没有带她去看梵高，而是主动领她去了罗丹纪念馆。在罗丹的一件雕塑作品前，母亲一声叹息，像在梦中一样说："在佛罗伦萨，我看到了米开朗琪罗的大卫。当时我连话都说不出来了。""听着！"伊莱娜终于发作了，"你现在是和我在巴黎，我给你看的是罗丹。罗丹！你听清楚，罗丹！你从来没见到过的。你为什么明明面对罗丹，却非要去想米开朗琪罗呢？"

她问得在理：一位母亲，离别多年后与女儿重逢，为什么对女儿给她看的、跟她说的不感兴趣呢？为什么她跟一群捷克游客一起见过的米开朗琪罗比罗丹更让她着迷呢？为什么在这整整五天里，她都没有问过自己女儿一个问题呢？无论是对她的生活，对法国，对法国的饮食、文学、奶酪、葡萄酒、政治、戏剧、电影、小汽车、钢琴家、大提琴手、足球运动员，为什么都没有问一声呢？

与此相反，她不停地唠叨在布拉格发生的事，谈起伊莱娜同母异父的弟弟（是她和第二任丈夫生的，那人不久前去世），谈其他人，这些人伊莱娜有的还有点印象，有的她根本连名字都没听说过。伊莱娜有两三次，试着插话，想谈谈自己在法国的生活，但母亲滔滔不绝，根本插不进只言片语。

从伊莱娜的童年起，就一直是这样：母亲对儿子百般呵护，就像宠一个小姑娘；可对自己的女儿，心肠却像男人一般硬。我是想说她不爱女儿吗？也许是因为伊莱娜父亲的缘故？伊莱娜的父亲是她第一任丈夫，她真的瞧不起他。我们还是不要去作这种无聊的心理分析吧。她这样做其实是出于好心：她本人精力充沛，体魄强健，担心女儿太柔弱无力；她希望用这般粗暴的办法，让女儿摆脱那种极度的敏感，这样做，差不多就像一个好运动的父亲一把将胆小的孩子扔进泳池，坚信这是他找到的让孩子学会游泳的最好途径。

不过，她心里十分清楚，只要她一出现，女儿就会被压得抬不起头，我并不想否认，她暗中的确也为自己身体上的优势而高兴。但这又怎样？她到底该怎么做？以母爱的名义让自己消失？岁月无情，她年纪越来越大，但她从伊莱娜对她的反应中却意识到自己的力量所在，这使她又年轻了。只要她一天看到女儿在自己面前还感到惶恐而软弱，她就要尽可能延长自己具有绝对优势的时间。就这样，带着一丝残忍，她故意把女儿的脆弱视为冷漠、懒惰和漫不经心，不断斥责她。

长期以来，伊莱娜在母亲的面前，总觉得自己不漂亮，不聪明。有多少次，她奔到镜子前，要让自己确信自己其实并不丑，并不像个傻瓜……啊，这一切本已多么遥远，几乎已被遗忘。但是母亲在巴黎的这五天里，这种低人一等、软弱无能和从属他人的感觉又一次落到了她的身上。

6

临走的前夕，伊莱娜将她的瑞典男友古斯塔夫介绍给了母亲。他们三人一起上餐馆吃饭。母亲连一个法语词也不会讲，于是大胆讲起了英语。古斯塔夫很高兴：跟情妇伊莱娜在一起，他只说法语，对这门语言，他已经感到厌倦，在他看来，法语既做作又不太实用。这个晚上，伊莱娜话不多：她感到惊奇，观察着母亲，母亲竟出人意料，能对别人感兴趣；虽然只会三十来个英语单词，而且发音还很糟糕，母亲竟能向古斯塔夫提出一个个问题，问他的生活，他的生意，他的看法，于是给他留下了深刻的印象。

第二天，母亲走了。从机场回来，进了位于顶楼的公寓，伊莱娜走到窗前，在重新获得的一片宁静中，享受独处的自由。她久久地望着眼前的屋顶和奇形怪状的烟囱。巴黎的这道风景早已在她心中取代了捷克花园的那片翠绿。此时此刻，伊莱娜才意识到生活在这座城市是多么幸福。过去，她一直都想当然地认为自己的流亡是一种不幸。但此刻，她在问自己，这是否只是不幸的一种幻觉？一种以所有人看待流亡者的方式造成的幻觉呢？她难道不是用一套别人塞到她手中的标准在看待自己的生活吗？伊莱娜对自己说，流亡国外，虽是迫于外界压力，出于无奈，但她有所不知，这也许是她人生最好的出路。大写的历史的无情力量虽说一度剥夺了她的自由，但还是把自由还给了她。

几个星期后，伊莱娜遇到了一件令她有些为难的事，古斯塔夫洋洋得意，向她宣布了一个好消息：他向公司建议，要在布拉格开设一家办事处。当时，这个国家在贸易方面并没有太多的吸引力，办事处的规模可能比较小，但不管怎样，他会有机会时不时地去那儿待一段时间了。

"终于能接触你的城市了，我真高兴。"古斯塔夫说。

伊莱娜对此并不开心，反而感到了一种隐隐的威胁。

"我的城市？不，布拉格不再是我的城市了。"她答道。

"说什么呢？"古斯塔夫不太高兴。

伊莱娜有什么想法，是从来不向古斯塔夫隐瞒的，因此古斯塔夫可以充分地了解她；然而，他还是和其他所有人一样看她：一个被逐出故土、痛苦的年轻女子。可他本人，来自一座瑞典城市，他对那座城市真的很痛恨，发誓不再踏上它的土地。就他的情况而言，这很正常。因为大家都欢迎他，把他当作一个讨人喜欢的斯堪的纳维亚人，四海为家，早已忘了生在何处。他们两人就这样被归了类，贴上了标签，人们评判的标准，便是他们对各自标签的忠实程度（是的，大家竟然把这夸张地叫作：忠于自我）。

"那哪儿是你的城市呢？"

"巴黎！我是在这里遇见了你，和你一起生活。"

古斯塔夫好像没听见她在说什么，抚摸着她的手说："权当作是个礼物，就接受了吧。你不能回去，我可以当你和你失去的祖国之间联系的纽带。能这样做，我会很高兴的！"

他的好意，伊莱娜并不怀疑；她对他表示感谢，但又以庄重的语气补充道："不过，我求求你，一定要明白，我并不需要你当我和其他什么东西之间联系的纽带。和你在一起，断绝与其他所有人和事的联系，我很幸福。"

他也变得严肃起来："我理解你。别担心我会对你过去的生活感兴趣。在你以前熟悉的人之中，我惟一会去见的，是你的母亲。"

能对他说些什么呢？说她最不想让他有过多来往的人，正是她的母亲？他是那么怀念、那么爱他自己已去世的母亲，她怎么能对他说这些呢？

"我很欣赏你的母亲。她真有活力！"

伊莱娜对此毫不怀疑，所有人都因为母亲的活力而对她表示欣赏。可如何向古斯塔夫解释，在母亲的力量所控制的那个魔圈中，伊莱娜从未成功地掌握过自己的生活？又如何向他解释要是长时间和母亲在一起，就会把她又抛到过去，变得又脆弱而不成熟？啊，古斯塔夫竟然要跟布拉格建立联系，多么疯狂的想法呀！

回到家中，独自一个人待着，她这才平静下来，安慰自己说："感谢上帝，共产主义国家和西方国家之间的公安防线还是相当牢靠的。我用不着担心古斯塔夫和布拉格的联系会给我造成什么威胁。"

什么，她刚刚对自己说了什么？"感谢上帝，公安防线还是相当牢靠的？"她真的说了"感谢上帝"吗？她，一个失去了祖国的流亡者，大家都在为她鸣不平，可她竟然说什么"感谢上帝"？

7

　　古斯塔夫与马丁偶然结识，是在一次商业谈判中。之后很久，他又遇到了伊莱娜，而那时她丈夫已经去世。他和伊莱娜彼此相悦，但却羞于启齿。于是，马丁从另一个世界跑来，帮了他俩一把，主动让自己成为他们轻松交谈的话题。当古斯塔夫从伊莱娜处得知马丁和自己同年出生，他仿佛听到他与这个比他要年轻得多的女人之间的隔墙轰然倒塌，对死者顿生好感，感激死者以其相同的年龄给了他追求马丁漂亮的遗孀的勇气。

　　对已过世的母亲，古斯塔夫很是崇敬，两个已成年的女儿，他也接受了（虽然很不情愿），但对自己的妻子，他一直逃避。当初要是能在双方友好协商的情况下离婚，他巴不得。但这不可能，于是他能做的，也只是尽可能地远离瑞典。伊莱娜和他一样，也有两个女儿，她们也都到了独立生活的门槛。古斯塔夫给大女儿买了一个单室公寓，给小女儿在英格兰找了一所寄宿学校。这样家里只剩下伊莱娜一个人，她就可以经常接待他了。

　　伊莱娜也被他的善良迷住了，在所有人眼里，这是古斯塔夫最主要、最打动人，也几乎是难以置信的性情特点。它迷住了不少女人，但等她们明白过来这种善良与其说是诱惑人的武器，不如说是自我卫护的武器时，已经太迟了。古斯塔夫从小就是妈妈的心肝宝贝，没有女人的照料，他根本无法一个人生活下去。但是，对女人的苛求，吵闹，动不动就掉眼泪，甚至过分主动、直露地献出自己的身体，他又万万不能忍受。于是，为了能够同时拥有她们又远离她们，他就拿善良当作炮弹，在炮弹爆炸的烟云的掩护下，从容地撤退。

　　面对他的善意，伊莱娜刚开始感到困惑不解：他怎么会这么客气，这么慷慨，什么要求都不提呢？她如何回报他的好意呢？她发现自己惟一能报答他的，就是在他面前明确表示自己的欲望；她睁着一双大眼，盯着他，目光在央求着某种莫名、巨大而又令人陶醉的东西。

　　她的欲望；一段有关她欲望的伤心经历。在遇到马丁之前，她从未享受过爱的快乐。后来生了孩子，从布拉格来到巴黎，当时怀着第二胎，可不久后马丁就死了。后来的岁月，漫长而又艰难，迫于生计，她不得不什么工作都接受，做过家庭用人，还给一个瘫痪的有钱人当过护工。等到能做点俄译法的工作（幸好在布拉格的时候她刻苦学习外语），就已经算是很成功了。时光一年年流逝，无论在街头的海报上，广告牌上，还是在报亭里陈列的杂志的封面上，随处可见脱衣的女郎、相拥的男女和穿着一条三角裤亮相的男人，而在这种无处不在的狂欢之潮中，她的躯壳在马路上游荡，无依无靠，无人关注。

　　所以与古斯塔夫相遇，对她来说实在是件开心事。经历了这么长时间之后，她的身体、她的脸庞终于被发现，被欣赏，并且因为这两者的魅力有个男人主动邀她共度人生。伊莱娜沉浸在狂喜中，就在这个时候，她母亲突然来到了巴黎。也许就在当时，抑或稍晚一些时候，她开始隐隐约约地怀疑自己的身体其实并未完全摆脱那个显然从一开始就彻底主宰了她人生的命运，怀疑一直在逃避妻子、逃避女人的古斯塔夫在她这里寻觅的，并非一场

艳遇、一次青春的重新勃发，或是一种感官的解放，他要的只是
休息。别夸张啦，她的身体并非毫无触动，只是她心里越来越怀
疑自己的身体没有应有的触动。

8

　　欧洲的共产主义之火恰好在法国大革命之火燃烧后整整两百年才熄灭。在伊莱娜的巴黎朋友茜尔薇看来，其中有着某种巧合，意味深长。但巧合的含义究竟何在？我们该怎么去称呼横跨这两个重大日子的凯旋门呢？叫欧洲两大革命凯旋门？还是叫最伟大的革命至最终复辟之凯旋门？为了避免意识形态上的争论，我建议在这里采用一种更有分寸的阐述：前一个重大日子产生了一个欧洲伟人叫流亡者（或者叫大叛徒、大受难者，都可以），而后一个重大日子则使流亡者退出了欧洲的历史舞台；与此同时，群体潜意识大导演也停止了它最为独特的创造，即流亡之梦的创造。就是在这种背景下，伊莱娜第一次返回布拉格，在那里逗留了几天。

　　她去时天气还很冷，但过了三天，夏天出人意料地提前来临。身上的套装太厚，这样一来根本不能再穿了。可她又没有带薄的衣服，于是想去商店买条裙子。国家的商店里当时还没有多少西方货，她看到的仍然是自己在共产主义时期所熟悉的那些面料、颜色和剪裁式样。她先后试了两三条裙子，感到有点为难。很难说清是什么原因：这些裙子并不难看，剪裁也不差，但它们使她想起她遥远的过去，那衣着朴素的青年时代。如今，这些裙子在她看来太简朴了，而且乡气、俗气，只配给乡村女教师穿。但是她时间太紧了。不管怎么说，装扮几天乡村女教师又有何妨？价格低得可笑，她买下一条，立即穿上，把冬天的套装放进包里，走上了酷热的大街。

后来，她从一家大商场经过，无意中看见一面墙，上面镶着大镜子，她马上停下脚步，一时呆住了：在镜子里，她看到的不是自己，而是另外一个人，或者说要是在镜中多看一会儿那个穿新裙子的人，那的确是她，可过着另外一种生活，即当初如果留在国内必定会过的生活。那个女人并不让人反感，相反是动人的，只是有点太动人了，让你直想哭，显得可怜、贫寒、软弱而且顺从。

伊莱娜像在那些流亡的梦中，一时惊慌失措：她觉得自己被这条裙子的魔力所控制，禁锢在一种她不愿意过却又无力摆脱的生活之中。就仿佛在当初，伊莱娜刚成年的时候，她面临着多种生活的可能，但最终选择的生活把她带到了法国。然而，其他那些被她拒绝、放弃的生活仿佛还一直在等待着她，在暗处妒忌地窥伺着她。如今它们当中的一个死死抓住了伊莱娜，将她紧紧地束缚在她的新裙子里，就像在她身上套了件囚服。

她惊恐不安，跑到古斯塔夫那儿（他在市中心有个落脚点），马上换衣服。重新穿上冬季的套装后，伊莱娜从窗户往外望去。天空阴阴的，树枝在风中摇动。天气只热了这么几个小时。用这几小时的炎热跟她耍了一场噩梦，向她提醒这回归的恐怖。

（这是个梦吗？她的最后一个流亡之梦？不，这一切都是真的。不管怎样，她觉得从前那些梦提醒她注意的陷阱并没有消失，它们一直都在，时刻都在那儿备着，窥伺着她的到来。）

9

　　尤利西斯离家二十年，在这期间伊塔克人保留了很多有关他的记忆，不过他们对他没有丝毫的思念。而尤利西斯饱受思乡之苦，却几乎没有保留什么记忆。

　　人们可以理解这个奇怪的矛盾，只要明白一点，那就是人的记忆力要想运转良好，就需要不断磨练。如果往事不能在与朋友的交谈中被一而再、再而三地提及，就会消失。流亡者集中居住在一些移民地，同胞们不厌其烦地反复讲着同样的事情，因此不会淡忘。至于那些不常和同胞来往的人，如伊莱娜或尤利西斯，就不可避免地会患失忆症。他们的思乡之情越浓烈，他们的记忆就越空洞。尤利西斯越是痛苦，他遗忘的事就越多。这是因为思乡之情并不能促进人的记忆活动，并不会唤起对从前的记忆，相反，它满足于本身，满足于自己的激情，完全淹没在自己的痛苦中。

　　尤利西斯杀了那些想迎娶珀涅罗珀为妻并统治伊塔克的胆大妄为者，此后，他不得不与一群他根本不了解的人生活在一起。这些人，为了讨好尤利西斯，反复跟他唠叨他们还记得他离家去打仗之前的那些事。他们坚信只有伊塔克才会引起他的兴趣（他们怎么可能想不到这一点？尤利西斯可是渡过无边的海洋回到伊塔克的呀！），所以又反反复复跟他谈起他不在家时伊塔克发生的一切，并渴望回答他的所有问题。然而，没有什么比这更让尤利西斯厌烦了。其实他所期待的惟有一件事，那就是他们对他说："你讲讲吧！"而他们没有对他说的，偏偏就是这句话。

　　二十年里，尤利西斯一心想着回故乡。可一回到家，在惊诧中他突然明白，他的生命，他的生命之精华、重心、财富，其实并不在伊塔克，而是存在于他二十年的漂泊之中。这笔财富，他已然失去，只有通过讲述才能再找回来。

　　在离开卡吕普索后的归途中，尤利西斯因船失事在法伊阿基亚停留，小岛的国王把他迎到宫中。在那里，他是个异乡人，一个神秘的陌生人。对于一个陌生人，人们总会问："你是谁？你从哪儿来？你讲讲吧！"于是他就讲了。在《奥德赛》的四首长歌里，尤利西斯向法伊阿基亚人详细讲述了自己的冒险经历，他们非常惊讶。然而在伊塔克，尤利西斯不是异乡人，他是他们中的一员，这就是为什么谁也没有想到对他说一声："你讲讲吧！"

10

　　她翻看以前的通讯录，久久地盯着上面那些几乎被遗忘的名字；随后，她在一家餐馆订了个包间。靠墙摆放的一张长条桌上，十二瓶葡萄酒整齐地排列在几碟小点心的旁边，在等待着。在波希米亚，人们不喝什么好酒，没有收藏陈年佳酿的习惯。伊莱娜满心欢喜，买了这些波尔多陈酿，为的是给她的来客一个惊喜，好好招待她们，重续往日的友情。

　　但她差一点把事情给办糟了。她的那些朋友，一个个都很拘谨，看着这些酒不动，直到她们中间的一位充满自信，并且以心直口快为荣，宣称自己还是更喜欢喝啤酒。经她这一直说，其他人跟着活跃起来，纷纷附和，于是这位爱喝啤酒的女人唤来了侍者。

　　伊莱娜怪自己错带了这箱波尔多葡萄酒，竟然这么蠢，表露了自己和她们之间存在的一切隔阂：长期远离故土，她那些外国人的习惯，还有她的富裕。她真的在责怪自己，因为她很看重这次聚会：说到底她是想借此弄明白自己在这里能否生活，还能否有家的感觉，还能否有朋友。因此她并不想对朋友一次小小的冒失生气，她甚至要把这看成是一种亲热的坦率举动；而且，她的客人表示钟情的啤酒不正是一种真诚的神圣饮品吗？一剂能驱除所有虚伪、所有矫揉造作之表演的良药吗？一剂让饮者清清白白地撒尿、老老实实地发胖的良药吗？事实上，伊莱娜周围的这些女人都粗俗得热情奔放，叽叽喳喳地说个不停，好主意不断，还一致说古斯塔夫的好话，她们都知道他的存在。

这时，侍者出现在门口，手里端着十大杯半升装的啤酒，每只手五杯，这一高难度的表演引来了一阵掌声和笑声。她们举杯相碰："为伊莱娜的健康干杯！为归来的女儿健康干杯！"

伊莱娜抿了一小口啤酒，心想：要是古斯塔夫请她们喝葡萄酒呢？她们会拒绝吗？当然不会。她们拒绝了她的葡萄酒，也就是拒绝了她本人。拒绝了的是她，是离开多少年后重新归来的她。

其实，这正是她要赌的：赌她们是否接受重新归来的她。当初她离开这里时还是一个天真的少妇，如今归来，她已经成熟了，身后是她所经历的生活，虽然艰难，但她为之骄傲。她想尽一切努力，要让她们接受她，连同她二十年的经历、她的信仰，还有她的思想。成败在此一举：要么以现在的样子成功地融入她们中间，要么就不能留在这里生活。她组织了这个聚会，作为自己攻势的第一步。她们非要喝啤酒，那就让她们喝啤酒好了，这无关紧要，对她而言，重要的是要由她自己来选择谈话的主题，让别人倾听她说话。

然而时间在过去，这群女人各说各的，几乎不可能开始真正谈点什么，更不可能强加什么主题了。她小心翼翼，试图接上她们的话头，然后将大家引到自己想说的事情上去，但是她失败了：一旦她的话偏离了她们所关心的事情，就没有一个人再听她说什么了。

侍者已经又上了一轮啤酒；她刚才的那一杯还摆在桌子上，啤酒沫已经消退，而旁边新上的那一杯直冒泡泡，相比之下，她这一杯有些自惭形秽。伊莱娜直怪自己怎么对啤酒失去了兴趣；

她在法国学会小口小口地品尝美酒，已经失去习惯，不能像喜欢啤酒的人那样大口大口地喝。她将酒杯举到唇边，强迫自己一口气喝下了两三大口。这时，客人中年纪最大的一位，约摸有六十来岁，亲切地朝她伸出手，想擦去她嘴边残留的泡沫。

　　"别勉强自己，"她对伊莱娜说，"一起来点葡萄酒怎么样？放着这么好的酒不喝，岂不太傻。"长条桌上的葡萄酒一直没人碰过，她叫来侍者，让他打开其中一瓶。

11

米拉达是马丁的一个同事，两人曾在同一所研究所工作。刚才她一出现在包间门口，伊莱娜就认出了她。但直到此时，两人手里各端着一杯酒，伊莱娜才跟她说上话；她打量着米拉达：脸型没有变（圆圆的），还是棕褐色头发，发型也没变（圆蓬蓬的，遮住耳朵，直贴到下巴底）。她给人感觉没什么变化；但一开口说话，顷刻间脸就变了样：皮肤出现一道道褶子，上唇布着条条细纹，每做一个表情，脸颊和下巴上的皱纹就挪动位置。伊莱娜心想米拉达肯定没有意识到这一点：谁也不会在镜子前自言自语，所以看到的只能是平静的脸庞，皮肤自然也几乎是光滑的。世上所有的镜子都让她相信，自己一直是漂亮的。

米拉达一边品着葡萄酒，一边说（她漂亮的脸庞上立刻现出道道皱纹，并且舞动起来）："可真不容易啊，回这一趟，不是吗？"

"她们是不可能明白的，当初我们走时，心里可是不存一丝回来的希望的呀。我们不得不死守我们落脚的地方。你认识斯卡采尔吗？”

“那个诗人吗？”

“在一首四行诗里面，他就写到了他的悲苦。他说想要用悲苦造一间屋，把自己关在里面三百年。三百年啊，我们都明白，眼前是一条三百年长的时光隧道。”

“哎，我们在这里，也一样啊。”

“那为什么别人就再也不愿意去了解这一切呢？”

“因为要是感情出了错，要是历史否定了这些感情，人们就会去纠正。”

“再说，所有的人都以为我们离开是为了生活安逸。可是他们不知道，在异国他乡要打拼出一小片自己的天地，有多么难。你知道，带着一个娃娃，肚子里还怀着一个，离开祖国，又没了丈夫。在贫困中拉扯两个女儿……”

伊莱娜讲不下去了，米拉达说：“跟她们讲这些毫无意义。就在不久前，还在吵吵闹闹，谁都想证明在旧政权统治下自己吃的苦比别人都多。谁都想做公认的受害者。但是这种诉苦比赛已经结束了。如今，人们炫耀的是成功而不是苦难。如果说大家都准备尊敬你的话，绝不是因为你生活艰难，而是因为看到你身边有个有钱的男人！"

　　当大家凑过来围在她俩身边时，她俩已经在包间的一角聊了好一会儿。那些女人仿佛在责怪自己冷落了女主人，叽叽喳喳地说开了（啤酒似乎比葡萄酒更能让她们变得喧闹而口无遮拦），很是亲热。那个在聚会一开始就嚷着要喝啤酒的女人叫了起来："我怎么也得尝尝你的葡萄酒！"说着她叫来侍者打开另几瓶酒，斟满了许多杯。

　　脑中突然闪现出一个幻象，伊莱娜不知所措：一群女人手里端着啤酒，大声嬉笑着，向她奔来，耳边传来几句捷克话，她突然惊慌地意识到，自己不是在法国，而是在布拉格，她完了。啊，这不是她常做的一个流亡生活的旧梦吗，她很快将之驱出脑海。此刻，身边的女人都不再喝啤酒，一个个举起葡萄酒杯，又为归来的女儿干杯；有个女人，满面红光，问伊莱娜："你还记得吗？我当时给你的信中就说，你该回来，该赶快回来了。"

　　这个女人是谁?整个晚上，她都在不停说她丈夫的病，非常激动，说她丈夫病得如何如何，唠叨个不停。最后伊莱娜终于认出来了：是她的中学同学，在前政府倒台的那个星期就写信给她说："啊，亲爱的，我们已经老了! 你该赶快回来了!"这次她又提起了这句话，咧嘴笑时，肥胖的脸上露出了一排假牙。

　　其他女人又劈头盖脸地向伊莱娜提了一大堆问题："伊莱娜，你还记得吗，那时候……""你知道后来怎么样了吗，那个……""哦不，你应该记得他!""那个长着一对大耳朵的家伙，你老是嘲笑他的。""你不可能忘了他! 他尽提起你!"

　　在这之前，这些女人对伊莱娜想跟她们说的东西根本不感兴趣。可此刻突然连连发问，到底有什么意图呢?她们什么都不想听，那又是想打听些什么呢?伊莱娜很快发现她们的问题很特别：这些问题是为了验证她是否知道她们所知道的，是否记得她们所记得的。这给伊莱娜留下了一种挥之不去的怪怪的感觉。

　　一开始，她们对她在国外的经历漠不关心，她二十来年的生活就这样被一刀砍掉了。此刻，她们又试图通过这场拷问，把她久远的过去和现在的生活联系起来，就好比砍去她的前臂，直接把她的手装到胳膊肘上，或者把小腿截掉，把脚接在膝盖上一样。

面对这番景象，伊莱娜呆住了，她根本无法回答她们的问题；不过，这些女人根本也不指望她回答，一个个越来越醉了，又开始叽叽喳喳闲聊起来，把伊莱娜撂在一旁。她看着她们的嘴巴，它们同时张开，不停地翻动，从里面吐出一个个字来，又不停地发出阵阵笑声（真是神奇：这些女人根本不在听对方说什么，怎么就能对别人说的事笑个不停呢）。没人再理会伊莱娜了，她们一个个兴高采烈，那个聚会一开始时要啤酒的女人唱起歌来，其他女人也跟着唱了起来，直到聚会结束，她们上了街，还在唱。

在床上，伊莱娜回想着晚上聚会的情景；她流亡生活的旧梦又一次浮现在脑海中，她看到自己身边围着那帮喧闹而亲热的女人，一个个举着啤酒杯。在梦中，那帮女人是为秘密警察效力的，她们有令在身，要设下陷阱让她上当。可今天的这帮女人又是在为谁效力呢？那个装了一副可怕假牙的老同学对她说："你该赶快回来了。"也许她是坟墓（祖国的坟墓）的密使，受命提醒她：警告她时间紧迫，生命刚开始就要结束。

她又想起了慈母般亲切和蔼的米拉达；是米拉达终于让她明白，没有人会对她的奥德赛之旅感兴趣。伊莱娜心里说，其实米拉达也不感兴趣。但凭什么去责备她呢？她为什么要关心与自己生活毫无关系的事呢？如果关心，那也是虚情假意的客套罢了。伊莱娜感到欣慰，因为米拉达是那么友好，一点也不虚情假意。

伊莱娜入睡前最后想到的一个人是茜尔薇。她已经很长时间没有见到茜尔薇了！多么想念她呀！伊莱娜真想请她去酒吧，跟她聊聊最近的波希米亚之行，让她知道回归有多难。伊莱娜想像自己在跟茜尔薇说："是你第一个说什么大回归来着。茜尔薇，你知道吗，今天我终于明白了，我也许可以重新跟他们一起生活，但前提是我要把与你，把与你们，与法国人一起所经历的一切庄严地放到祖国的祭坛上，亲手点上一把火。随着这神圣的仪式，我二十年的国外生活将灰飞烟灭。那些女人会高举啤酒杯，围着这团火与我一起唱歌，跳舞。只有付出这个代价，我才能被宽恕。我才能被接受。我才能再变成她们中的一个。"

12

　　一天，在巴黎机场，伊莱娜通过安全检查，到候机大厅坐了下来。在对面椅子上，她看到坐着个男人，片刻的迟疑和惊讶以后，她认出了那个男人。伊莱娜一阵激动，等两人的目光一相遇，便朝他微微一笑。那个男人也笑了笑，还微微点点头。伊莱娜起身朝他走过去，他也站了起来。

　　"我们是在布拉格认识的，对吗？"伊莱娜用捷克语问，"你还记得我吗？"

　　"当然！"

　　"我一下就把你认出来了。你一点都没变。"

　　"太夸张了吧。"

　　"不，不。你还和以前一样。我的上帝，那一切已是多么遥远啊。"伊莱娜又笑着接下去说："你还能认出我来，多谢了。"接着又问："这些年你一直留在国内吗？"

"不。"

"你去国外了？"

"是的。"

"你在哪里生活？在法国吗？"

"不是。"

伊莱娜叹了口气，说："啊，要是你在法国生活，我们却今天才碰上，那可是……"

"我是碰巧路过巴黎。我在丹麦。你呢？"

"在这里。就在巴黎。我的上帝，我简直不能相信自己的眼睛。这些年你都是怎么过的？还能干你的老本行？"

"是的，你呢？"

"我呀，没办法，先后差不多干了七个行当。"

"我就不问你有过多少个男人了。"

"不，别问我。我答应你，决不问你类似的问题。"

"现在呢，你回国了？"

"没有完全回去。我在巴黎还有套公寓。你呢？"

"我也没有回去。"

"但你经常回去吧？"

"不。这是第一次。"他说。

"啊，太迟了！你就不觉得着急吗？"

"不。"

"你在波希米亚没什么牵挂吗？"

"没有，我这人绝对自由。"

那个男人说这句话时字斟句酌，伊莱娜还从中发现了一丝忧愁。

伊莱娜的位子在飞机前部，靠过道；她多次回过头去看他。她从没忘却很久以前他们的那次相遇。那是在布拉格，她当时跟一帮朋友在酒吧，他是她朋友的朋友，眼睛一直盯着她。他们的爱情故事还未来得及开始就断了。她为此遗憾不已，这是一道从未愈合的创伤。

有两次，他走过来，靠在她的座位上跟她聊天。伊莱娜得知，他只在波希米亚待三四天，还要去外省的一个城市看他的家人。

伊莱娜很伤心，难道在布拉格一天都不待吗？哦，不，在回丹麦以前可能还能待上一两天。她能和他见面吗？要是能够再见面该多开心啊！他给她留下了到外省准备住的那家旅馆的名字。

13

这次相遇，他也很高兴。她友好，娇媚，令人愉快，年纪四十上下，长得漂漂亮亮。但他却根本不知道她是谁。跟某个人直言相告，说自己想不起来他是谁，是很尴尬的，而这次是尴尬加尴尬，也许他并没有忘记这么个女人，只是没有认出她来。跟一位女士直说这事，太没礼貌，他做不出来。况且，他很快就意识到这个陌生女人不会追问他是不是还记得她的，跟她聊聊再简单不过了。可是，当他们约定再见面，她还想把电话号码留给他时，他感到为难：他连人家的姓名都不知道，怎么打电话？于是他也不多做解释，告诉那个女人，希望她能给自己打电话，并且让她记下了自己在外省准备住的那家旅馆的电话号码。

在布拉格机场，他们分了手。约瑟夫租了辆车，先上了高速公路，然后再走省际公路。一到城里，就寻找墓地。可白费力气。那里已经变成了一个城市新区，身边是一式高楼，他迷路了。他看到一个十来岁的男孩，便停下车，问怎么去墓地。男孩只是看着他，却不回答。约瑟夫以为他没听明白，便提高声音，慢慢地，一字一顿地又问了一遍，就像一个外国人在尽量把自己想说的说清楚。男孩最后回答说不知道。真见鬼，城里就这么一个墓地，怎么可能不知道在哪儿呢？他只好继续开车，又问了些路人，但感觉他们说得都不太清楚。最后，约瑟夫找到了：如今这块墓地缩在一座新建的高架桥后面，看起来很简陋，而且比过去小很多。

　　他停好车，穿过一条长满椴树的小径，来到一座坟墓前。三十来年前，就在这里，他看着装着母亲遗体的棺材放入地下。去国外之前，他常来这里，每次回家乡都来。一个月前，他准备回波希米亚时，就知道自己首先会来这里。他看了看墓碑；大理石上刻着许许多多的名字：显然，他在国外的这些年里，这里已经变成了一个庞大的亡人集体宿舍。在小路和墓碑之间，只有一小块草坪，修剪得很好，而且还带着个花坛；他试图去想像地下的那些棺材：应该是一个个紧挨着，三个一层，一层叠一层，有好几层。妈妈在最下面。爸爸在哪里呢？他比妈妈晚去世十五年，与妈妈之间至少隔着一层棺材。

　　他又看到了母亲下葬时的情形。那时，地下还只有两个故人：他父亲的父母。在他看来，母亲下去与公婆在一起是很自然的，他甚至想都没有想过母亲会不会更喜欢到自己的父母身边去。多少年以后，他才明白：家族墓穴如何集中安排是早就决定了的，由家族的力量决定；他父亲的家族要比母亲的家族有影响。

　　那些在墓碑上新出现的名字令他头脑一片混乱。离开几年，他知道伯父、伯母和父亲相继去世了。他开始仔细地辨认墓碑上的名字，其中有些人他以为还一直活着，他感到很震惊。不是因为他们的去世（谁执意要永远离开自己的故乡，就应该心甘情愿不再见到家人），而是因为自己没有收过讣告。警察一直在监控写给流亡国外的人的信。他们是不是害怕给他写信？他仔细看了看上面的日期：最后两个人的下葬时间是在一九八九年之后。可见他们并不是出于谨慎才不给他写信。事实更糟：对他们来说，他根本就不存在。

14

　　这家旅馆是在共产党执政最后几年建造的：跟世界上到处建的一样，这幢建筑现代而平整，坐落在主广场上，很高，比城市其他建筑要高出很多层。他在七楼的房间里安顿下来，走到窗边。已经是晚上七点，暮色降临，路灯亮了起来，广场不同寻常地安静。

　　在离开丹麦以前，他想像过将如何面对熟悉的故地，面对旧日的生活，他心想：自己会是激动，还是冷漠？是欢喜，还是沮丧？结果丝毫没有这些感觉。在他离开的这些年，一把无形的扫帚扫过了他年轻时代的景物，抹去了他熟悉的一切。他所期待的重逢场景没有出现。

　　很久以前，伊莱娜曾经到过法国外省的一个城市，为给她病重的丈夫找个地方休养一段时间。那是一个星期天，城里很安静，他们在一座桥上驻足，望着河水在绿色的河岸间静静流淌。河流拐弯处，有一座旧别墅，四周是个花园，在他们看来，就像家一样让人心宁，简直是一个早已不复存在的田园之梦。伊莱娜和丈夫都被这个美景吸引住了，他们走下阶梯来到河岸上，想走一走。可没走几步，就发现他们被圣洁的平和景象给骗了：这是条死路，他们闯进了一个废弃的工地，到处是机械、牵引机、土堆和沙堆。在河的对岸，是一棵棵倒伏的树；在桥上看时吸引他们的美丽别墅，此时露出破碎的玻璃窗户，本该装门的地方却是一个大窟窿。别墅后面还矗立着一幢十来层高的建筑；让他们陶醉的城市景象之美事实上并非是个幻觉，只是在被践踏、侮辱和嘲弄之后，透过自身的衰败才隐约可见。伊莱娜的目光又一次投向河对岸，她发现那些倒伏的树居然开着花！虽然被砍伐，倒在地上，但它们还活着！这时，突然从一个高音喇叭里爆出了喧嚷的音乐。经受这当头一击，伊莱娜立即捂起耳朵，哭了起来。为消失在她眼前的世界而哭泣。她那已经活不了几个月的丈夫连忙拉起她的手，带她走了。

　　那把改变、破坏和毁灭种种景象的无形的巨大扫帚，几千年来一直在扫荡，但过去的动作缓慢，几乎难以察觉，而如今却变得如此迅猛，我不禁想，《奥德赛》在今天还可能想像吗？回归之英雄史诗还属于我们这个时代吗？要是老橄榄树被砍倒了，要是他根本无法认出周围的一切，清晨，当尤利西斯在伊塔克海边醒来，他还能心醉神迷地听到大回归之乐吗？

旅馆旁边，一幢高楼露着光秃秃的侧墙，墙上没有窗户，上面只装饰了一幅巨大的画。在昏黄的灯光下，画面模糊不清，约瑟夫只隐约辨认出两只紧握在一起、顶天立地般巨大的手。这两只手过去一直在那里吗？他再也想不起来了。

他一个人在旅馆的餐厅里用餐，听着周围人的谈话声。听这音调是一门陌生的语言。这可悲的二十年来，捷克语到底发生了什么变化？难道是声调变了？显然是的。以前加重的第一个音节现在变弱了；声调仿佛由此而变得软弱无力。音调也显得比以前更单一而拖沓。还有音色！变得嗡嗡的，说话声音发腻，让人不舒服。也许，经过几个世纪，所有语言的音调都会不知不觉地发生变化，但一个长久在外的人回来就会感到不适应：在盘子上方，约瑟夫朝前倾着身子，听着陌生的语言，尽管那其中每一个词，他都明白。

后来，他回到房间，拿起电话，拨了哥哥的号码。他听到一个快乐的声音请他马上就过去。

"我只是想告诉你我回来了，"约瑟夫说，"很抱歉今天我不能去。我不愿意你在这么多年后看到我这个样子。我累死了。你明天有空吗？"

约瑟夫对他哥哥是否还在医院工作没有把握。

"我有空。"对方答道。

15

　　他揿了揿门铃，比他大五岁的哥哥开了门。两人握着对方的手，互相打量着。这是无比强烈的目光，他俩都知道这意味着什么：目光迅速而不动声色地刻下了兄弟俩的头发、皱纹，还有牙齿；两人都知道对方在自己的脸上寻找什么，也知道对方在自己脸上寻找的是同样的东西。他们感到羞愧，因为他们在寻找的，是对方与死神可能相隔的距离，或说得更唐突些，他们是在对方的身上寻找显露的死神。他们想尽快结束这番对死神的搜寻，迫不及待想找一句话来让自己忘却这死亡笼罩的瞬间，哪怕是骂一声，问一句，或是可能（那将是天之恩赐），开一句玩笑（可什么也没有来救他们）。

　　"来。"哥哥终于说，搂着约瑟夫的肩膀，带他进了客厅。

16

"自倒台后，大家就在等着你，"两人坐下后，哥哥说，"所有去国外的人都回来了，至少都回来照过面了。不，不，这不是责备。你自己知道该做些什么。"

"你错了，"约瑟夫笑道，"我并不知道。"

"你是一个人回来的？"哥哥问。

"是的。"

"你打算回来久住？"

"不知道。"

"哦，当然，你得听听你妻子的意见。我听说，你在那边结了婚。"

"是的。"

"是个丹麦人吧。"哥哥拿不准是谁，说道。

"是的。"约瑟夫答道，继而无语。

　　这沉默让哥哥局促不安，约瑟夫为了找点话说，开口问道：
"现在这房子是你的了吧？"

　　从前，这幢四层楼房属于父亲，房子有一部分出租，哥哥现在住的就是楼里的一套房间。过去，一家人（父亲，母亲，还有两个儿子）住在三楼，其余的就租出去。一九四八年共产主义革命后，房子被充公，一家人变成了房客。

　　"是的，"哥哥答道，显得很尴尬，"我们设法跟你联系过，可是没联系上。"

　　"什么，你知道我的地址？"

　　一九八九年以后，所有在革命中被收为国有的财产（包括工厂、旅馆、出租房、土地、森林）都归还原主（更确切地说是还给他们的儿子或孙子）；这一程序被称为"返还财产"：只要向法院申明自己是业主，若一年内无异议，就可永久取得所有权。这种简单的法律程序一方面使很多人能从中作假，但另一方面也免去了许多财产继承诉讼案，免去了上诉、申诉等诸多麻烦。于是在短得让人吃惊的时间内，一个阶级社会产生了，有了资产阶级，他们富有而敢干，得以带动整个国家经济。

　　"这事，当时是个律师给办的，"哥哥说，还是很局促，"可是现在太晚了。手续已经结了。不过别担心，我们之间可以妥善解决，用不着律师。"

　　这时，约瑟夫的嫂子进了门。这次，没有出现目光的碰撞：她老多了，一进门，一切也就全明白了。约瑟夫只想低下头去，偷偷地看她一眼，免得令她不快。可他陡生怜悯之心，走上前去拥抱了她。

　　三人都坐了下来。约瑟夫无法摆脱内心的激动，又看了她一眼；如果在街上碰到她，恐怕都认不出来了。约瑟夫心想："他们是我最亲的人了，是我的家，是我惟一的家，我的哥哥，我惟一的哥哥啊。"他不断地在心里重复着这些话，仿佛想延长这份同情之心，不让它消失。

　　出于一阵强烈的怜悯，约瑟夫说："把房子的事彻底忘了吧。听我说，我们真的还是实际点。在这里拥有一点产业，跟我没什么关系。我的问题不在这里。"

　　哥哥松了口气，连声说："不，不。我喜欢什么都公平。再说，你妻子也有她的看法。"

　　"说点别的吧。"约瑟夫说着握住哥哥的手，紧紧地握着。

17

　　他们带他在屋子里走动，让他看看他离开后家里有什么变化。在一个房间里，他看到了曾属于他的一幅画。当初，出国的决心一下，他肯定马上就得付诸行动。那时他住在外省的另一座城市，出国的想法对谁也不能说，要是把财产分给朋友，免不了会暴露自己。临走的前夕，他把钥匙装进信封，寄给了他哥哥。后来，他从国外打电话给哥哥，让他在国家没收之前把房子里能用的东西都拿走。过后，他在丹麦安顿下来，开始了新的生活，很幸福，根本没有想设法打听他哥哥救下了多少东西，又是如何处置的。

　　他久久地望着这幅画：一个贫困的市郊工人区，大胆而新奇的色彩，令人想到世纪初的野兽派画家，比如德兰①。然而这幅画远不是一幅仿作；如果一九〇五年它在巴黎的秋季画展上和其他的野兽派画作一起展出的话，人们肯定都会被它的怪异震惊，惊

① André Derain（1880—1954），法国画家。

奇于这遥远的异域来客散发的迷乱馨香。实际上，这幅画绘于
一九五五年，当时，社会主义艺术理论严格要求遵守现实主义：
该画的作者，是一个狂热的现代主义者，本来更喜欢采用当时普
遍的画法，亦即一种抽象手法，但他也很想展出，于是，不得不
寻找意识形态主管的强制要求和画家愿望之间的一个神奇结合点；
显示工人生活的简陋小屋是献给意识形态主管的一种贡品，而强
烈的非现实主义色彩是他送给自己的礼物。

　　在六十年代，约瑟夫曾参观过这个画家的画室，那时官方学
说渐成弱势，画家差不多已经可以想画什么就画什么了。约瑟夫
直率得近于天真，说他喜欢这幅旧画，不喜欢那些新作，而画家
对自己的这幅有着工运中心主义倾向的野兽派画作既喜欢，又有
点瞧不上眼，于是毫不怜惜，把这幅画作为礼物送给他，甚至拿
起笔，在自己的签名旁边题了词，献给约瑟夫。

　　"你跟这个画家很熟吧。"哥哥说。

　　"是的。我救过他的鬈毛狗。"

　　"你要去看他吗？"

"不。"

一九八九年后不久，约瑟夫在丹麦收到了一个邮包，里面是画家新作的照片，这次是完全自由创作的：这些画和地球上数以万计的其他画作没有丝毫区别；画家于是能以双重的胜利而自豪：一是他完全自由了，二是他与所有人完全相同了。

"这幅画，你始终都喜欢？"哥哥问。

"是的，它始终很美。"

哥哥头一抬，指了指他妻子："凯蒂也很喜欢。她每天都要站在画前看一看。"然后接着说："你走的第二天告诉我把它交给爸爸。爸爸把它挂在了医院办公室的桌子上方。他知道凯蒂有多喜欢这幅画，在去世之前把它赠给了她。"稍停片刻，他又说："你都想像不到，我们那些年过得多惨。"

看着他的嫂子，约瑟夫想起自己从来就没喜欢过她。他以前对她反感（她也一样以牙还牙），现在看来实在愚蠢而令人遗憾。她站在那儿，眼睛盯着画，脸上流露出一种悲哀的无奈，约瑟夫一时心软，对哥哥说："我知道。"

　　哥哥开始给他讲家里发生的事情，说父亲长期备受煎熬，说凯蒂有病在身，说他们女儿婚姻失败，说医院有帮人与他作对，而且由于约瑟夫流亡国外，他在医院的位置已岌岌可危。

　　最后一句话没有任何责备的口气，但是约瑟夫并不怀疑，哥哥嫂子提到他时肯定带有恨意，肯定为约瑟夫一走了之，而又提不出什么正当理由而愤怒，肯定认为他流亡国外实在不负责任，因为当局没有给流亡者亲属好日子过。

18

　　餐厅里，午饭已经准备好了。他们聊个不停，哥哥嫂子想把他不在时发生的一切都告诉他。几十年旧事在盘碟上方铺陈开来，忽然嫂子冲他说："你过去有几年也很狂热。瞧你说起教会的劲头！我们都怕你。"

　　这句话使他吃惊。"怕我？"嫂子说是的。他看着她：片刻前他觉得她的脸还很陌生，可此刻脸上又显现出从前的模样。

　　说他们怕他，实属荒谬。嫂子的记忆只是和他中学时代有关，也就是从他十六岁到十九岁的那段时间。他当时嘲笑教徒是完全可能的，但这与当局激烈的无神论没有任何牵扯，针对的只是家人，当时，家里人从不误过任何一次礼拜天弥撒，迫使他扮演了一个挑衅者的角色。他于一九五一年，即革命爆发三年后，通过中学毕业会考。也正是在好挑衅的性情驱使下，他决定学习兽医，因为救死扶伤，服务人类，是他家人最大的骄傲（他祖父就是一名医生），而他恨不得对他们说他喜欢牲畜而不喜欢人类。但没人赞赏或是责备他的叛逆；兽医在社会上是不太受尊重的，他的选择于是被认为是缺乏雄心壮志，甘心在家里当二等角色，处在他哥哥之下。

他心乱如麻，试着解释（向他们也向自己）他年轻时的心理状态，但话总是难以出口，因为嫂子脸上僵硬的笑容正冲着他，对他所说的一切永远都表示否定。他知道自己对此毫无办法；这就像是一条法则：生活失败者总是对罪人穷追不舍。罪人，约瑟夫就是双重的罪人：年轻时他诋毁上帝，成年后他流亡国外。他顿时失去了再解释什么的欲望。而他的哥哥，像个精明的外交官，转移了话题。

他哥哥：一九四八年，读医学专业二年级时，由于资本家出身被校方开除；为了不丧失希望，能有机会重新学习，日后像他爸爸一样成为外科医生，他竭力表现出自己拥护共产主义，不惜牺牲自己，最终加入共产党，一直到一九八九年。两兄弟是背道而驰的：哥哥先是被开除，后又被迫放弃信仰，总有（将永远都会有）一种受害者的感觉；弟弟则在不太受欢迎又管制不严的兽医学校，用不着表现出对当局的什么忠诚：在哥哥眼里，他像是（而且永远都像是）一个善于摆脱一切的幸运小人；是一个逃兵。

一九六八年八月，俄国军队侵入这个国家，整整一周，所有城市的街巷都在怒吼。捷克从来没有这样国之不国，捷克人也从没有这样民之不民。约瑟夫沉浸在仇恨之中，时刻准备扑向坦克。接着国家政要被逮捕，押送到莫斯科，被迫签订了一个草率的和约，依然怒火满腔的捷克人回到家中。十四个月后是俄国十月革命五十二周年的纪念日；这个节日也被强加给捷克。这一天，约瑟夫从他行医的小镇出发，驱车到国家的另一端去看望家人。一进城，他渐渐减速；他很好奇，想看看有多少窗子会挂上红旗，在这个战败的年头挂上红旗，就是自认屈服。红旗比他预想的要多：也许挂旗的人有违自己的信仰，出于谨慎，还有一种隐约的恐惧，但是，他们总还是自愿的，因为没有人强迫他们，也没有人威胁他们。他在老家门前停下车。在他哥哥住的三楼，一面大旗，红得可怕，在闪耀。他没有下车，而是待在车内，凝视良久，

然后驱车离开。回去的路上，他决定离开祖国。不是因为在这儿
生活不下去。他完全可以在这儿安静地治疗奶牛。但是他单身，
离异，没有孩子，是自由的。他对自己说，人生只有一次，他想
到别处生活。

19

　　用完午餐后，约瑟夫面对咖啡，心里想着他那幅画。他想着怎么把它带走，在飞机上会不会太碍事。把画从画框中取出卷起来带走是不是更方便？

　　他正要开口提这事，他嫂子忽然对他说："你一定会去见见N吧。"

　　"我还不知道。"

　　"他从前可是你重要的朋友啊。"

　　"他永远都是我的朋友。"

　　"在四八年，所有人在他面前都发抖。红色特派员！但他为你做了很多事，不是吗？他可是你的恩人！"

　　哥哥马上打断他的妻子，递给约瑟夫一个小包裹："这是爸爸留给你作纪念的。我们在他去世后找到的。"

　　看样子他哥哥就要去医院上班了；见面就要结束，而约瑟夫发现他的画竟在谈话中消失了。什么？他嫂子记得他的朋友N，但是他的画，她忘了吗？尽管他准备放弃他该得的所有遗产，放弃属于他的那部分房屋，但那幅画还是他的，是他一个人的，他的名字还题在画家的名字旁边！她和他哥哥，这两个人怎么就能装模作样，好像这画不属于他似的呢？

　　气氛突然变得沉重起来，哥哥讲起滑稽好笑的事情。约瑟夫没有去听。他决心已下，非要索回他那幅画不可，正凝神想着要怎么说，无意间目光落在了哥哥的手腕上，瞥见了他腕上的表。他认出了这块表：大大的，黑色，已经有些过时；当初表留在了他的住所里，而他哥哥把它据为己有了。不，约瑟夫没有任何气愤的理由。一切都是按他自己的意愿发生的；然而，看见自己的表戴在另一个人的手腕上，使他莫名其妙地感到不自在。他觉得好像重新回到世间，就像一个死人在二十年后起死回生，走出坟墓：他用一只已失却了走路习惯的脚，怯怯地试探着触一触地面；他勉强辨认出他曾生活过的世界，却在他生命的残骸上不断绊倒：他看见他的裤子、他的领带穿戴在幸存者身上，他们理所当然地分享了这一切；他看到了一切，却什么都无法收回：亡人是卑怯的。他被亡人的卑怯之心所淹没，没有勇气说出一个字，再提起那幅画。他站起身。

"晚上回来，我们一起吃晚饭。"哥哥说。

约瑟夫忽然看见了自己妻子的脸，他急切地感到想和她说说话，跟她谈一谈。但是他不能：他的哥哥在看着他，等着他回话。

"抱歉，我实在没时间。下次吧。"他亲热地和他们两人握手。

回旅馆的路上，妻子的脸庞重又浮现在眼前，他一时怒起："都是你的错。你说我应该来这儿。我本不想来。我根本不想回来的。但是你不同意。依你看，不回去，是不正常的，没有理由的，甚至是卑鄙的。你总认为你有理吗？"

20

　　回到自己的房间，他打开了哥哥给他的那个小包裹：一本他童年时代的相册，有他妈妈，他爸爸，他哥哥，更多的是小约瑟夫；他把相册放在一边准备保存起来。两本儿童画册，他把它们扔进了废纸篓。一幅小孩的彩色铅笔画，上面写着"献给妈妈的生日"，还有他笨拙的签名；他也把它扔了。还有一个笔记本。他打开一看：是他的中学日记。当初怎么能把这留在父母家呢？

　　日记是从共产主义头几年开始记的，他很好奇，但有些失望，因为里面只找到他和中学女生约会的描述。早熟的放荡儿？不，他当初是童男。他漫不经心地翻着，翻到一段话，他停了下来，那是对一个女孩的责备："你对我说，在爱情里只有肉欲。亲爱的，如果一个男人告诉你他想要的只是你的肉体，你准会逃跑的。到时候你就会明白什么叫作残忍的孤独感。"

　　孤独。这个词反复出现。他试图用这种可怕的孤独前景来吓

唬她们。为了让她们爱他，他像神甫一样对她们布道：一旦脱离
了感情，肉欲便蔓延成无边的沙漠，人会在那里忧伤而死。

　　他读着，却什么也回想不起来。这个陌生人来和他说什么？
让他回忆起从前这个人曾用他的名字在这里生活？约瑟夫起身走
向窗口。广场被接近黄昏的太阳照耀着，那堵大墙上两只手的图
像此时清晰可见：一只白色，一只黑色。上方，一个由三个字
母构成的缩写词，号召"安定"与"团结"。毫无疑问，画绘于
一九八九年以后，那时这个国家已经采用了新时期的口号：各民
族团结友爱；各文化相互融合；团结一致，万众一心。

　　宣传画上紧握的手，约瑟夫见得多了！捷克工人与俄国士兵
紧握着手！虽然令人生厌，但这幅宣传画不容置疑地构成了捷克
历史的一个组成部分，捷克人有千种理由去紧握或推开俄国人或
德国人的手。但是一只黑色的手？在这个国度，人们几乎不知道
黑人的存在。他妈妈生前从来没有碰到过一个。

　　他看着这两只悬垂在天地间的巨手，比教堂的钟楼还大，这
两只手使这地方置于新的背景之下，但已经野蛮地变得面貌全非

了。他久久地搜索着下方的广场，好像是在搜寻他年轻时跟同学散步在街上留下的足迹。

"同学"；他慢慢地说出这个词，声音很低，为了感受少年时的气息（那么微弱！几乎感觉不到！）。那段光阴已经逝去，已经迷失，这遗弃的时光，就像是孤儿院一样充满了忧伤；但是，和在法国外省那座城里的伊莱娜不同，对这段无奈中显现的旧日时光，他感觉不到一丝珍爱；没有一丝回归的欲望；只有淡淡的克制；超脱。

如果我是医生，对他这种情况也许会做出如下诊断："此病人患有怀旧欠缺症。"

21

　　但约瑟夫并不认为自己有病。他觉得自己很清醒。怀旧欠缺对他来说是过去生活价值不足的明证。我把自己的诊断更正为："此病人患有记忆受虐畸形症。"确实，他只记得那些令他对自己感到不快的情境。他不喜欢他的童年。但是，孩提时，他想要的一切，不是都得到了吗？他的爸爸不是被所有的病人尊重吗？为什么他哥哥为这一切感到骄傲而他不？他经常和小伙伴打架，打得很英勇。然而，他忘记了他打赢的时候，只记得他认为更懦弱的一个同学有一次把他仰面打翻在地，把他压在地上，大声数了十秒钟。直至今日，他仍能切肤地感觉到被压在地上的那份耻辱。以前住在波希米亚时，常遇见一些熟悉他的人，他总是很惊讶，因为他们都认为他是个相当勇敢的人（他自认为是懦夫），思想敏锐（他自以为无聊），可心地善良（他只记得自己小心眼）。

　　他心里很清楚，自己的记忆是在讨厌他，诋毁他；他于是努力不去相信它向自己讲述的一切，尽可能更宽容地对待自己的生命。但是白费力气：他感觉不到往回看的任何快乐，因此也就尽量不去看。

根据他想让别人和想让自己相信的不同情况，可见他离开祖国，是因为他无法忍受看到自己受奴役，受侮辱。他说的是真的，尽管大多数捷克人都有着与他相同的感受，感到受奴役，受侮辱，可他们并没有跑到国外去。他们留在了自己的国家，因为他们相互热爱，也因为他们热爱自己的生活，而这种生活是和他们生存的土地分不开的。因为他的记忆对他存有恶意，没有给他任何理由使他珍惜国内的生活，于是他以轻快的步伐，毫无遗憾地跨过了国境。

莫非在国外他的记忆失去了有害的影响？是的，因为在那里，约瑟夫没有理由也没有机会去关注与那个他不再居住的国家相联系的记忆；这就是受虐记忆性的规律：随着自己生命的构架坍塌在遗忘中，人就会摆脱他不喜欢的东西，从而觉得更为轻松，更为自由。

尤其是，在国外，约瑟夫恋爱了，而爱情是如今这个时代的兴奋剂。他对现时的眷恋驱走了他的回忆，使他免受记忆的干扰；他的记忆并未减少恶意，但是一旦被忽视，被排斥在一边，它也就失去了对他的控制力。

22

　　我们身后遗弃的时间越是久远，召唤我们回归的声音便越是难以抗拒。这句格言似乎毋庸置疑，然而却是错误的。当人们垂老，死期将至，每一刻都弥足珍贵，便没有时间可浪费，去回忆什么了。应该明白怀旧之情数学意义上的悖论：往往在年少时，过去生活的历程微不足道，人的怀旧之情才是最为强烈的。

　　在约瑟夫中学时代的迷雾中，我看见走来一个女孩；她身材修长，美丽，是个处女，可她心情忧郁，因为刚刚和一个男孩子分手。那是她第一次失恋，她痛苦万分。但是失恋的痛苦，远不如她终于看清时间时所感到的震惊那般强烈；她从没有像现在这样把时间看得这么清楚：

　　直至那一刻，时间总是以现时的形式展现在她面前，不断推移，吞噬未来；她畏惧它的急促（当她等待着痛苦的事情发生时）或讨厌它的缓慢（当她等待着美好的事情时）。这次，时间在她看来完全不同了；再也不是胜利的现在控制了未来；而是现在被战胜了，成为俘虏，被过去卷走了。她看见一位少年在她的生命中挣脱，离去，永远无法靠近。她沉迷其中，除了看着自己这段生命渐行渐远，她什么都不能做，她只是看着，痛苦着。她因此而体会到了一种崭新的感觉，叫做怀旧。

这种感觉，这种无法克制的回归的欲望，突然间向她展示了过去的存在，过去的力量，她的过去的力量；在她的生命之屋，窗户出现了，这些窗户转向后面，朝着她生活过的一切，没有这些窗户，它的存在是永远无法想像的。

有一天，她和新情人（当然是个柏拉图式的情人）一起，上了城边森林里的一条路；几个月前，在同一条路上，她和以前的情人（就是这人在他们决裂后使她第一次体会到了怀旧之感）一起散步，这一巧合令她激动。她毫不犹豫地走向林阴道岔路口那座破旧的小教堂，因为就是在那儿，她的第一个情人想拥抱她。难以抗拒的诱惑促使她重温逝去的爱情时光。她想让两段爱情相交，结合，交织在一起，相互效仿，使两者在融合中增强。

她当初的情人，在那个地方曾想停下脚步，把她拥入怀中，可她，幸福而惊讶，却加快了步伐，阻止了他。这一次，会发生什么呢？他现在的情人也放慢了脚步，也准备拥抱她！她被这种重复（不可思议的重复）所迷惑，遵从着相似的命令，拉着他的手，快步朝前走去。

从那时起，她被这样的相似性，被这种过去与现实之间冥冥的关联所迷惑，她寻找着那些回声，那些应和，那些共鸣，这一切使她感觉到过去和现存之间的距离，感受到她生命的时间维度（那么新颖，那么奇异）；她仿佛觉得就这样走出了青春期，变得成熟，长大成人，这对她而言意味着：变成了一个懂得时间的人，在身后留下一段生活，可以转过头去看着它。

一天，她看见她的新情人穿着一件蓝色外套朝她奔来，她想起第一个情人身穿蓝色外套，也讨她喜欢。还有一天，他凝望她的眼睛，用了一句很奇特的隐喻来赞美，她听得迷住了，因为关于她的眼睛，第一个情人也一字不差地说过同一句奇特的话。这种巧合令她惊叹不已。只有当她对旧爱的怀念与为新爱的惊喜融合在一起时，她才感到内心是这样充满美丽。在她正经历的故事中，旧情人的闯入对于她来说并非偷偷的不忠行为，反而增强了她对走在她身旁的这一位的爱意。

年长一些后，她在这些相似中发现了一种令人惋惜的个体的一致性（他们为了拥抱，停在同一个地方，有着相同的衣着品位，用同一个隐喻奉承一个女人），还有事情的一种令人厌倦的单调（只是永远地相同重复）；但是年轻时，她把这些巧合看作奇迹，渴望识破它们的含义。她今日的情人与往昔的情人奇特地相似这一事实，使前者显得更为特殊，更为独特，于是她相信冥冥之中，他命定属于她。

23

不，日记里没有对政治的任何影射。没有那个年代的任何印记，只是在感伤的爱情理想这一背景下，或许留有共产主义前几年的清教痕迹。约瑟夫被童男的一段秘密吸引住了：他可以轻而易举地鼓起勇气去抚摸一个女孩的胸脯，但却不得不克服自己的羞耻心才能去碰她的臀部。他有着精确的概念："昨天约会时，我斗胆碰了她的臀部，只两次。"

臀部使他惶恐不安，他因此而更渴望得到感情："她向我保证她爱我，她对交欢的承诺是我的胜利……"（显然，对他来说交欢作为爱的证据比肉体行为本身更为重要）"……但是我失望了：我们的约会中，没有一丝迷醉的感觉。想到我们要共同生活我就害怕。"后面又写道："忠诚如果不是源于真正的激情，那该多么累人啊。"

迷醉；共同生活；忠诚；真正的激情。约瑟夫在这些词上打住。这对于一个未成熟的少年来说可能意味着什么？这些词都很大，但也模糊，其力量恰好存在于模糊的状态中。他在寻找他既不知道也不懂得的感觉；他在女伴身上寻找着（捕捉她脸上闪现的每一种细微的感情），他也在自己的身上寻找着（在无休止的内省时刻），但是他始终得不到满足。于是，他在日记中这样写道（约瑟夫得承认下面这句话有着惊人的洞察力）："对她抱有怜悯的欲望和使她承受痛苦的欲望其实是同一的欲望。"事实上，他的一举一动都以这句话为指导：为了体会怜悯的感觉（为了达到怜悯之迷醉），他想方设法看着他女友痛苦；他折磨她："我激起了她心中对我的爱的怀疑。她扑到我的怀里，我安慰她，我沉浸在她的哀伤之中，在那一时刻，我感到自己身上闪起一束激奋的火花。"

约瑟夫试着去理解这个童男，试着设身处地去为他着想，可是他无法做到。伤感和施虐欲交杂在一起，所有这一切与他的情趣和本性是完全相悖的。他从日记上撕下一张白纸，拿起一支铅笔，抄下这句话："……我沉浸在她的哀伤之中。"他久久地注视着两种字体：以前的有点笨拙，但笔划的形状和今天的相同。这种

相似性令他讨厌，令他气恼，令他反感。两个人如此相异，如此
对立，怎么会有相同的字体？将他和这个坏小子合二为一的共同
本质，到底是什么构成的呢？

24

　　无论童男还是女中学生，都没有可以独处的住所；她答应和他交欢这事只得推到遥远的暑假了。眼下，两个人只能在人行道上或林间小路上，手牵手走着（那时候的小情侣，这样走来走去是不知道累的），不断重复说过的话儿，两人间的接触也放肆不到什么地方。在这毫无兴致的荒漠里，有一天，他告诉她，他俩分手已经不可避免，因为他很快就要搬到布拉格去了。

　　约瑟夫看到这里，好不吃惊，搬到布拉格？这计划根本不可能啊，因为他家还从来没想过要离开这个城市呢。突然，回忆从遗忘处涌起，就在眼前，活生生的，让人很不是滋味：他站在林间小路上，面对这个女孩，对她说布拉格！他在谈搬家的事，他在撒谎！他清清楚楚地记得撒谎者当时的意识，他看到自己在说话，在撒谎，撒谎的目的就是要看一看这个女中学生怎么哭！

　　他又往下看："她抽噎着，紧紧抱住我。我极其注意她每一次痛苦的表情，遗憾的是，我已经记不清楚她一共抽噎了多少次。"

这可能吗？"极其注意她每一次痛苦的表情"，他竟然数她抽噎了多少次！这个施虐的记分员！这就是他感受爱情，体验爱情，品尝爱情，实现爱情的方式！他把她紧紧地搂在怀里，她在抽噎，可他在数着！

他继续往下看："然后，她恢复了平静，对我说：'现在我才理解，为什么那些诗人至死忠贞不渝。'说完她抬起头望着我，她的嘴唇还在颤抖。"日记中，"颤抖"下面加了横线。

此刻，他已回想不起来她说过的话，她颤抖的嘴唇。惟一活生生的记忆，就是他撒谎说要搬到布拉格去的那一刻。其他事儿都已不在记忆中。他努力想把这个带有异国风情的女孩的容貌清晰地回忆起来，这女孩，迷的不是歌手和网球运动员，而是诗人；是"至死忠贞不渝"的诗人！这句认真记录下来的话，已经时过境迁，他回味着，越回味越感到对这个渐渐被淡忘的女孩的一份感情。他惟一要责怪她的，就是她不该爱上一个只想折磨她的坏小子。

啊，这个坏小子，他看见他目光紧盯着女孩的嘴唇，女孩的嘴唇在不由自主地颤抖，像是没有控制，也像是不能控制！他一定异常兴奋，仿佛在观察一次性高潮（那时他还丝毫不懂什么是女性性高潮）！也许他的阴茎已勃起！肯定是的！

够了！约瑟夫翻过几页，看到女中学生准备和班级同学去高山上一个星期，去滑雪；男孩坚决不同意，威胁要和她一刀两断。她解释说，这是学校的必修课内容；他什么也不愿听，开始发起火来（又是一种迷醉，一种由发火而起的迷醉！）："你要是去，我们之间就完了。我发誓，完了！"

她是怎么回答他的呢？看见他歇斯底里大发作，她的嘴唇颤抖了吗？肯定没有。因为她嘴唇那种失去控制的抽动，那种少女的性高潮，使他格外兴奋，他是不可能忘了记在日记上的。显然这一回，他过高地估计了自己的能力。日记中没有再留下任何回忆女中学生的文字。接下来写的是和另一个女孩的几次乏味的约会（他又跳了几行），日记到七年级结束（捷克的中学一共八年），准确地说，是在一个比他大的女人（对这个女人他记得还很清楚）

让他了解了肉体的爱，让他改变了生活的轨迹后，就没再写下去；以后的一切，他再也没有记；日记在作者失去童贞之后停止了；他生命中短暂的一章就这样结束了，没有什么后来，没有什么结果，被遗弃在阴暗的书架上，和其他被遗忘的东西放在一起。

　　他开始撕日记，把它一页一页撕成了碎片。这种做法恐怕过分了，也是徒劳；可他感到要把心里的憎恶自由发泄出来；要把那个坏小子灭掉，为的是有一天（哪怕是在一个不好的梦中）他不再跟那个坏小子混在一起，不再替他受人嘲骂，不再替他的言行负责！

25

这时响起了电话铃声。他想起了在机场遇到的那个女人，就拿起听筒。

"您听不出来我是谁吧？"他听到对方说。

"不，不，听得出来。可你为什么要用您相称呢？"

"如果你愿意，我就用你称呼好了。不过，你不知道在和谁说话吧？"

不对，不是机场的那个女人。是一个发腻的声音，还有鼻音，嗡嗡的，让人不舒服。他感到尴尬。女人作了自我介绍：她是三十来年前和他一起过了几个月就离婚的那个女人的第一个丈夫的女儿。

"我刚才确实糊涂了，不知道是在和谁说话。"他勉强笑着说。

自离婚以来，他没有再见过她们，不管是前妻，还是前妻的女儿。不过在他的记忆中，她始终还是个小女孩。

"我有话要跟您说。跟你说。"她立刻纠正道。

他后悔对她用了"你",这份亲热让他不舒服,但现在已经没办法了:"你怎么知道我在这里?没人知道我在这里。"

"不至于吧。"

"怎么说?"

"你嫂子知道!"

"我不知道你还认识她。"

"妈妈认识她。"

他突然明白了什么,那两个女人已自动串通一气了。

"那么,你是代你母亲给我打电话的吧?"

原先发腻的声音突然变得强硬起来:"我有话要跟你说,必须跟你说。"

"是你还是你妈妈?"

"是我。"

"你先告诉是什么事。"

"你想不想见我?"

"请你先告诉我，到底是什么事？"

发腻的声音转而又变得咄咄逼人："如果你不想见我，那就直说好了。"

他讨厌这种强硬语气，但又没有勇气一口回绝。要求约会又不肯说出原因，他前妻这个女儿准有什么有效的伎俩要施：他心里感到不安。

"我在这里只待几天，我很忙。我最多挤得出半个小时⋯⋯"最后，他让她在他离开的那天，在布拉格一家咖啡馆见面。

"你不会来的。"

"我会来的。"

他挂上电话，仿佛有一种恶心的感觉。她们想要他怎样呢？讨教？可是，要讨教的人，说话不会咄咄逼人的。她们想纠缠他。证明她们的存在。要耗用他的时间。如果是这样，为什么他要答应她见面呢？出于好奇吗？嗨！其实是出于恐惧他才让步的。他把握不住自己，又延续了从前的反应：为了能保护自己，他向来都想要及时地了解一切。保护自己？今天？有什么危险？当然没有任何危险。只是他前妻的这个女儿的声音，让旧时的回忆如迷雾似的又围住了他：阴谋；父母的干涉；流产；哭叫；诽谤；敲诈；感情伤害；发火的场面；还有匿名信：那是多嘴多舌的人搞的阴谋。

我们留在身后的生活总是有个恶习，非要走出暗处，告我们的状，跟我们打官司。约瑟夫远离波希米亚后，已经忘了去关注自己的过去。然而，过去就在那儿，等着他，打量着他。约瑟夫感到心绪很不好，他尽力去想点别的事儿。可是，一个回来看过去生活过的地方的人，如果不想自己的过去，还能想什么呢？在这剩下的两天时间里，他能做些什么呢？去他开过动物诊所的那座城市？还是去他曾经住过的房屋前，呆呆地站在那儿触景生情？这些他都没有心思。在他的老熟人中，至少有个把他真心想去会会的吧？N的形象一闪。那是约瑟夫年轻时候的事了，当时，那些狂热的革命战士不知为什么指控了他（在那个年代，人人都会受到指控，躲过今朝躲不了明日，天知道是因为什么），正是大学里很有影响的共产党员N站出来保护他的，他不计较约瑟夫的政治观点和家庭。于是他俩成了朋友，如果说约瑟夫有什么能责怪自己的，那就是在流亡国外的日子里，他几乎把这个朋友给忘了！

"那个红色特派员！所有人在他面前都发抖！"他嫂子的这句话，意思是想说，约瑟夫为自己的利益，竟和一个当局的人有往来。在那个伟大的历史时期，可怜的是有不少国家受到震动！斗争一结束，人们纷纷声讨过去，追捕罪犯。然而谁是罪犯呢？一九四八年获胜的共产党人？还是那些不敌共产党的对手呢？人人都在追捕罪犯，人人也都成了追捕的对象。约瑟夫的哥哥为了继续学业，入了党，但立刻遭到朋友的攻击，说他是野心家。这样一来，他反而对共产主义有了怨恨，觉得正是共产主义弄得他这么胆小怕事，而他妻子也就把自己的仇恨对准了像N那样的人，N早在革命之前，就是坚定的马克思主义者。在她眼里，最邪恶的事情就是他蓄意策划出来的（所以对他绝不饶恕）。

此刻电话又响了。他拿起听筒，这回断定是那个认识的女人："终于打来了！"

"哦，听到你这声终于，我真高兴！你等我的电话了？"

"等得都着急了！"

"真的？"

"刚才我情绪坏透了！现在听到你的声音，一切都好了。"

"哦，你真会让我高兴！真希望你现在就在我的身边，跟我待在这里！"

"太遗憾了，可惜不可能。"

"你感到遗憾？真的？"

"真的。"

"在你走前，我可以见到你吗？"

"可以，你会见到我的。"

"肯定吗？"

"肯定！后天我们一道吃午饭！"

"我会非常高兴的。"

他把他在布拉格住的旅馆的地址告诉了她。

他再次放下听筒，目光落在撕碎的日记上，日记变成了桌上的一小堆碎片儿。他抓过这堆碎纸片，兴冲冲地全都扔进了废纸篓。

26

　　早在一九八九年的前三年，古斯塔夫就在布拉格给自己的公司开设了一个办事处，可每年他只过来几次。尽管来得不多，他还是喜爱上了这座城市，认为这里是理想的生活地方；这不仅仅是因为对伊莱娜的爱，而且也因为（可能是主要原因）他觉得在布拉格比在巴黎更能割断与瑞典、与他家庭、与他从前的生活的那些联系。当共产主义在欧洲出人预料地消失以后，他就果断地把布拉格强加给了他的公司，作为他的公司征服新市场的一个战略要点。他让人买下了一座漂亮的巴罗克式房屋，在里面布置了办公室，同时在顶层给自己留了两间屋子。另外，伊莱娜的母亲单独住在郊外的一幢别墅里，她把别墅整个二层都留给了古斯塔夫，所以对他来说，想住哪一边都可以。

　　在共产主义时期，布拉格曾被人忽视而沉睡在一边，而今布拉格在他眼前苏醒了过来，游客如云，新商店新旅馆灯光闪烁，经过翻修和粉刷的巴罗克式建筑重新装饰着城市。"Prague is my town！"①他不由得感叹。他爱这座城市：并不像是一个爱国者在祖国的每一个角落寻根，寻找记忆，寻找死者的踪迹，而是作为一个游客来感受惊奇，为它赞叹，像一个在游乐园里到处逛的孩子，着了迷，玩得再也不想离去。学着了解布拉格的历史之后，他总爱向那些乐意倾听的人，滔滔不绝地谈论布拉格的大街、王宫、教堂，介绍此地的名人，如鲁道夫皇帝（他是画家和炼金术士的保护人），如莫扎特（据说他在这里有过一个情妇），如弗兰兹·卡夫卡（这个不幸的人几乎一生都住在这座城市，多亏那一家家旅行社，他最后成了这座城市的主保圣人）。

出乎人们意料，布拉格很快就把俄语遗忘了，在过去的四十年间，每一个居民都不得不从小学就学俄语，如今急于在世界舞台上受到欢迎，它向四方来客展示的是英文招牌：skateboarding, snowboarding, streetwear, publishing house, National Gallery, cars for hire, pomonamarkets②，等等。在古斯塔夫的办公室，公司里的职员、商业合伙人以及那些有钱的客户和他谈话都用英语，捷克语因此而变成了私下的低语，成了背景音响，场面上的人说话只能用盎格鲁－撒克逊人的发音。所以有一天，当伊莱娜来到布拉格，他去机场接的时候，也没有用他俩惯用的法语"Salut!"招呼她，而是开口就说了个"Hello!"

　　这一来，一切都改变了。我们不妨说说马丁死后伊莱娜的生活状况：她再也找不到一个人跟她说捷克语了，她的女儿，也不愿把时间浪费在一门显然已没什么用场的语言上，所以，法语就成了她天天要用的语言，成了她惟一的语言；在这种情况下，强迫她的瑞典男人讲法语，当然是再自然不过的事。这一语言选择决定了他俩各自的角色：既然古斯塔夫法语讲得很糟糕，他们两人间的谈话就由她主导；她为自己的口才而陶醉：经历了好长时间之后，我的上帝，她终于可以说话了，不仅说话，而且有人听！这种口头上的优势使得两人的力量对比获得了一种平衡：一

---

① 英文，布拉格是我的城市。

② 英文，滑板运动、滑雪、时尚配饰、出版社、国家美术馆、汽车出租、果市。

方面，她完全依赖于他，另一方面，在两人的对话中，她又控制着他，把他引进她的世界。

然而，布拉格改变了他们两人之间的说话模式；他说英语，她竭力坚持她越来越感依恋的法语。但是，由于没有任何外界的支持（在这座曾经亲法的城市里，法语已不再施展魅力），她只好让步；他俩的角色关系在对换：在巴黎的时候，古斯塔夫伸着耳朵来听伊莱娜如饥似渴般地操用自己的语言；在布拉格，他成了个说家，一个大说家，说起来没完的说家。因为她英语不行，古斯塔夫说的话她似懂非懂；而她又不想花功夫去学，所以几乎不怎么听他讲，而开口对他说就更少了。她的这次大回归显得十分奇特：走在街上，四周都是捷克人，从前那种亲热的气息抚慰着她，一时间令她感到幸福；可是一回到家里，她便又成了一个沉默的异乡人。

持续的交谈往往给他们两人以蛊惑，动听的语流给消退的性欲投上一层面纱。当交谈突然中断，性爱的空缺就如同幽灵般浮现出来。面对伊莱娜的沉默，古斯塔夫失去了自信。从此以后，他喜欢在她的母亲、在她的同母异父兄弟与妻子等家人都在场的时候和她在一起；他和他们一起共进晚餐，不是在别墅，就是上饭馆，在大家的陪伴中寻找一个避风港，一个藏身处，一份安宁。他们永远也不会说错了话题，因为他们能谈的本来就很少，他们受词汇的限制，要想能说明白，都得慢慢地说，重复着说。古斯塔夫渐渐地恢复了安宁的心境；这慢吞吞的闲聊正对他的胃口，让人心宁，愉快，甚至开心（有多少次，他们止不住大笑，笑那些英语词念走了音，好不滑稽！）。

很长一段时间以来，伊莱娜的眼睛都茫茫然没有任何欲望，但由于习惯使然，还是睁得大大的，望着古斯塔夫，弄得他很不自在。为了转移视线，掩盖其色情的用心，他总是津津有味地讲一些轻松而放肆的小故事，含沙射影，暧昧而逗人，说得有声有色，笑声不断。伊莱娜的母亲是他最好的搭档，总是准备好了接他的茬，放开喉咙，讲些粗俗的笑话，用她那幼稚的英语，显得过分而滑稽。伊莱娜听他们说说笑笑，觉得如今连色情都变了味，成了滑稽的儿戏。

27

　　自从在巴黎遇见约瑟夫，她一心只想着他。她不断地回忆在布拉格的那次短暂奇遇。她和几个朋友在一家酒吧聚会，他比其他人显得更成熟、更风趣；他讨人喜欢，富有魅力，只照顾着她一人。大家从酒吧里出来走到街上时，他设法和她单独待在一起。他悄悄地塞进她手里一个小烟灰缸，那是从酒吧里为她偷来的。而后，这个她才认识了几个小时的男人邀请她去他那里。由于当时已和马丁订婚，她没有这份勇气，放弃了。但是，她很快就感到后悔，那么强烈，那么刻骨铭心，使她从此难以忘怀。

　　所以，在动身流亡国外前，挑选该带什么放弃什么的时候，她就把那个酒吧的小烟灰缸放进了旅行箱；在国外，她常常把它放在手提包里，悄悄地，作为一个吉祥物带着。

　　她记得在机场的候机厅里，他用一种严肃而又奇异的语调对她说："我这人绝对自由。"她当时就有一种感觉，好像早在二十年前，他俩之间的爱情故事就开始了，只不过要推迟到他俩将来都自由的时候才能进行。

她又想起了他的另一句话："我是碰巧路过巴黎。"碰巧的另一种说法，就是命运；也就是说，他命定要路过巴黎，为了让他俩的故事在中断的地方再接续下去。

她带着手机，不管在什么地方都设法给他打电话，无论是在咖啡馆、朋友家，还是在大街上。旅馆电话是通的，可他一直不在房间里。整整一天，她都在想他，也想到古斯塔夫，因为相异的人总是相吸的。她经过一家纪念品商店，看见橱窗里挂着一件T恤衫，上面印着一个结核病患者的忧郁的脑袋，下面有一句英语：Kafka was born in Prague.①这件T恤衫傻得可爱极了，她看了着实开心，便买了下来。

傍晚时分，她走在回家的路上，心想，回到家里再安心地打

---

① 英文，卡夫卡生于布拉格。

电话吧，反正星期五古斯塔夫一向回来很晚；然而出乎意料，古斯塔夫和她的母亲正在底楼说话呢！客厅内回荡着颠来倒去的捷克英语的说笑声，中间还混合着谁也不看的电视播音员的声音。她把小礼盒递给了古斯塔夫：“这是给你的。”

尔后，她让母亲和古斯塔夫在那里欣赏礼物，独自上了二楼，把自己关进了卫生间。她坐在抽水马桶沿上，从包里拿出手机。她听到他的一声“终于！”不胜欢喜，对他说：“真希望你现在就在我的身边，跟我待在这里。”这话刚出口，她就意识到了此刻她正待的地方，脸不由得红了起来；无意间说出的这句不适宜的话，让她惊讶不已，但是随即又让她感到兴奋。经过了那么多年之后，现在，她第一次感到自己欺骗了她的瑞典男人，感到了一种邪恶的快乐。

她下楼又来到客厅，古斯塔夫这时已穿上T恤衫，在那里哈哈大笑。那个场面她是忘不了的：诱惑的滑稽模仿，夸张的粗俗玩笑：这是人衰老时熄灭的色情的代用品。母亲抓着古斯塔夫的手，对伊莱娜说：“没经你的同意，我自作主张，就让你亲爱的穿上了。瞧他漂亮不漂亮？"说完母亲拉着他转到了一面固定在客厅墙上的大镜子前。她望着镜中他俩的模样，举起了古斯塔夫的胳膊，仿佛他是奥运会某项比赛的胜者，而古斯塔夫则乖乖地扮演游戏里的角色，在镜子面前挺起胸膛，声音响亮地喊道："Kafka was born in Prague！"

28

女中学生与第一个情人分手，并没有多大的痛苦。但与第二个情人，情况就比较糟了。当她听到他说："你要是去，我们之间就完了。我发誓，完了！"她一时竟连一句话也说不出来。她爱他，他竟然冲她摔出一句：一刀两断。这在几分钟前，在她看来简直是不可想像，怎么也说不出口的！

"我们之间就完了。"完了。既然他跟她说完了，还能跟他说什么呢？他的话是一种威胁，那她要说的也一样："好吧，"她慢慢地，严肃地说，"那就完了。我也跟你发誓，完了，你会后悔的。"说罢她转身就走，让他一人呆呆地伫立在大街上。

她受到了伤害，可她生他的气吗？也许根本没有。当然，他本来应该更通情达理，因为很显然，她不可能逃避这次旅行，是必须去的。而她本来也可以装病不去，不过她这人诚实，肯定也装不像。毫无疑问，他太过分了，也不在理。不过她知道他就那样，因为他爱她。她明白他为什么嫉妒：他想像在山上她会与其他男孩在一起，为此感到痛苦。

她不可能真的生气，所以就在学校大门前等他，想要真心诚意地跟他说清楚，这事情她实在不能听他的，他嫉妒是没有任何道理的；她肯定他不会不理解的。在校门口，他看见她，停了下来，不过是为了等一个男同学做伴。她无法跟他单独说话，便跟在他后面走在街上。等他和那个男孩一分手，她就急忙追上去。可怜的女孩子，她本该料想到一切都完了，因为男朋友已经被疯狂的念头所控制，再也无法摆脱。她刚一开口就被他打断："你改变主意了？准备放弃？"她反复跟他解释了不知多少遍，这一回，是他转过身走开了，把她独个儿留在街中央。

她又陷入了深深的悲伤之中，但对他始终没有怨恨。她知道，爱情就意味着把一切献给对方。一切：这是一个基本词。一切不仅仅包括她已答应与他交欢，还包括勇气，那种干大事的勇气，同时也包括做小事的勇气，也就是说，敢于违抗学校荒唐命令的小小的勇气。然而，她羞愧地发现，尽管她有着自己一切的爱，

但这份勇气，她无法获得。这真滑稽，滑稽得让人要哭：她已经
准备好把一切都献给他了，当然包括她的童贞，只要他想要，还
有她的健康，而且，不管是什么样的牺牲，只要他能想像出来的，
她都能做到，但是她竟没有勇气去违抗一个可恶的校长。难道就
让自己败在这种小事手上？她对自己极不满意，简直不能容忍，
她决计不惜任何代价摆脱这一切；她要干出一件大事来，让小事
在大事中化为乌有；她要干一件他最终一定会在其面前低头的大
事；她要去死。

29

死；决定去死；这对一个少年来说要比对一个大人容易得多。什么？死亡将要夺去的少年的未来不是更远大吗？确实是的，但是，对于一个少年，未来是一种遥不可及、抽象虚幻的东西，他并不真正相信。

她像块石头似的，呆呆地望着破裂的爱情，望着她一生中最美好的时光渐渐地、永远地离她而去；对于她来说，除了这段过去，什么也没有留下；她正是想向这段过去展示自己，向它言说，向它传递信号。她对未来没有兴趣；她宁愿要永恒；永恒，就是时间的停滞，时间的凝固；未来使永恒不能发生；她想要毁掉未来。

但是，在山上的小旅馆里，周围有那么多同学，始终在大家的目光之下，怎么死呢？她找到了一个办法：离开旅馆，走得远远的，到很远很远的野外，找一个远离道路的地方，躺在雪里，一睡就过去了。死亡将在睡眠中来临，被冻死过去，死得平静又没有痛苦。她只需要忍受一小段时间的寒冷。而且，她还可以借助几片安眠药缩短这段时间。她在家里好不容易找到一小瓶，从里面拿了五片安眠药，没有多拿，以免妈妈发现。

　　她考虑了各种可行的死的计划。首先想到的一个主意，就是晚上出走夜里去死，但立刻又否定了：吃晚饭的时候，别人很快就会发现她不在餐厅，而且回到宿舍，大家肯定更容易发现她人不在；她不可能有时间去死。于是她脑筋一转，选择了午饭后的时间，那时大家都在午休，准备午休后去滑雪：在这个时间空当里，她不在也不会引起别人担心。

　　原委之小，行动之大，这两者之间明显的不相称，难道她自己看不明白吗？难道她不知道，她的这个计划太极端吗？不，她知道，然而，正是这种极端吸引着她。她不要什么理智。她的行为也不要什么分寸。她不想斟酌分寸，也不想通情达理。她欣赏自己的这份激情，知道激情的定义就是极端！她已陶醉其中，不想从迷醉中醒来。

很快就到了她选定的那一天。她走出旅馆。旅馆门边挂着温度计：零下十度。她上了路，发现自己的那份迷醉渐渐变成了恐慌；她试着迷惑自己，但无济于事；她呼唤曾伴随着死亡之梦的那些念头，也无济于事；然而，她仍在继续往前走（这时其他同学按规定都在午休），仿佛正在完成一项自己给自己下达的任务，正在扮演一个自己给自己写的角色。她的灵魂空了，没有任何感知，就像一个有口无心背诵台词的演员的灵魂。

她从一条雪光耀眼的山路往上走，不一会儿就到了山顶。头上是蓝蓝的天空；一朵朵云彩，沐浴着阳光，像镀了金，欢腾一片，云彩垂得较低，宛如一顶巨大的华盖，笼罩在周围好大一圈雪山上。真美，真迷人，她不由得感到了一阵短暂的、非常短暂的幸福，使她一时忘了此行的目的。感觉是短暂的，非常短暂，太短暂了。她一片一片地吞下了安眠药，然后按照计划下山，朝一片树林走去。她走上一条小路，十分钟后，感到睡意朝她袭来，她知道，最后的时刻来了。太阳就在头顶上方，光闪闪，光闪闪的。可突然间，仿佛帷幕拉开了似的，她的心里一下子胆怯起来。

她感觉自己身陷明亮的舞台，所有的退路都已断绝。

　　她坐在一棵冷杉下面，打开小包，拿出一面镜子。这是一面小圆镜，她把镜子举到面孔前，照着自己。她美，很美，她不想抛弃这份美丽，也不想失去这份美丽，她要带走这份美丽，啊，现在她已经很累了，太累了，然而，即便累成这样，她也为自己的美丽而迷醉，因为在这个世界上，这是她所拥有的最珍贵的东西。

　　她照着镜子，看见自己的嘴唇在颤抖。那是一种身不由己的抽动，是个习惯性动作。她已有好几次发现她身上的这一反应，她脸上感觉得到，但她还是第一次亲眼看见。看见这种反应，她倍感激动：既为自己的美丽而激动，也为颤抖的嘴唇而激动；既为自己的美丽而激动，也为震撼着这份美丽，使之扭曲的激动而激动；为肉体为之哭泣的美丽而激动。无限的哀伤此刻向她袭来，因为她的美丽马上就要不在，因为这个世界马上就要不在，不，这个世界已经不在了，已经不可能触及了，因为睡神已在，带上她，和她一道飞起，越飞越高，飞向耀眼的无边的光芒，飞向蓝天，光闪闪的蓝天。

30

　　当他哥哥对他说："我听说，你在那边结了婚。"他只应了声
"是的"，没再多说一个字。他哥哥如果不是说"你结了婚"，而是
问一声"你结婚了吗？"也许就行了。要是这样，约瑟夫恐怕会回
答："不，我现在是单身。"他不想欺骗哥哥，但正是哥哥的那种说
法，使他不用撒谎，得以对妻子的死避而不谈。

　　在接下来的谈话中，哥哥和嫂子避免一切可能涉及他妻子的
话题。显然局面是很尴尬的：出于安全考虑（避免警察局传唤），
他们不得不禁止自己与流亡国外的亲人有任何接触，他们甚至都
没有注意到，这种强迫的谨慎很快转变成一种真心的漠然：他们
对他的妻子一无所知，不知她的年龄，不知她的名字，也不知她
是做什么的；他们想借助沉默，掩饰这种一无所知，而这恰恰暴
露了他们和他之间的关系是多么可悲。

　　但约瑟夫并不为此生气；他们的一无所知倒正中他的意。自

从他安葬了妻子以来，每当他不得不对别人说妻子已经死了的时候，他总是非常难过，仿佛出卖了妻子，泄露了她最秘密的隐私。而不谈妻子的死，他总感觉那是在保护她。

因为死去的女人是一个不能自卫的女人；她不再具备任何能力，不再具有影响；人们不会再尊重她的愿望，她的志趣；死去的女人什么也不再想要了，也不会再渴望得到任何赞誉，回击任何诽谤。他对妻子从来没有像在她死去时那么怜悯，而这份怜悯又是那般痛苦，那般折磨人。

31

约纳斯·哈德格里姆松①是冰岛伟大的浪漫诗人，也是伟大的民族独立战士。在十九世纪，欧洲的小民族都有自己的浪漫爱国诗人：匈牙利的裴多菲、波兰的密茨凯维奇、斯洛文尼亚的普列舍伦、波希米亚的马哈、乌克兰的谢甫琴科、挪威的韦格兰、芬兰的伦洛特，还可以列出很多。当时的冰岛是丹麦的殖民地，哈德格里姆松一生的最后几年生活在丹麦首都。大凡伟大的浪漫诗人，除了都是伟大的爱国者，还都是伟大的酒徒。一天，哈德格里姆松喝醉了，摔在楼梯上，跌断了一条腿，结果因感染失去了生命，被葬在哥本哈根的公墓里。这一年是一八四五年。九十九年后，到了一九四四年，冰岛共和国宣布成立。从此，事态急速

---

① Jonas Hallgrimsson（1807 — 1845），冰岛诗人。

发展。一九四六年，诗人的魂灵向冰岛一个富有的企业家托梦，向他诉说心愿："一百零一年来，我的尸骨一直埋在国外，在敌人的国土上，现在还不能让我的尸骨回归自由的伊塔克吗？"

黑夜魂灵的来访让爱国的企业家受宠若惊，他从敌国的土地上找出诗人的遗骨，带回冰岛，打算安葬在诗人诞生的那个美丽的山谷。不料事态疯狂发展，谁也无法阻挡：在风景无比美丽的辛格韦德利（这是个圣地，一千年前，冰岛议会的第一次会议就是在这里露天召开的），新成立的共和国的部长们已经为本国的伟人创建了一个墓地；他们从企业家手中抢来诗人，把他葬进这个先贤祠，当时，那里只安葬了另一位伟大诗人（小民族也有不少大诗人），叫埃纳尔·贝内迪克松[1]。

然而，事态还在急剧发展，没过多久，那个爱国企业家羞愧难当，招认了实情，于是众人皆知：当时，他站在哥本哈根打开的坟墓前，一下子傻了，因为诗人是葬在穷人堆里，他的墓上没有名字，只有一个号码，爱国企业家面对纠缠在一起的尸骨，不知该选哪一具。当着几位严肃而又不耐烦的公墓管理员的面，他不敢显出任何犹豫。于是就这样，他带回冰岛的，不是冰岛的诗人，而是一个丹麦的屠夫。

在冰岛，人们开始时想要为这一令人啼笑皆非的错误保守秘密，然而事态偏偏继续发展，一九四八年，冒失的哈尔多尔·拉克斯内斯②在一部小说里揭开了秘密。这下如何是好？只有哑口不言。现在，哈格里姆松的尸骨一直还躺在距他的伊塔克足有两千公里的敌国土地上，而那个丹麦屠夫，虽不是诗人但也是个爱国者，却被放逐到了一个冰冷的岛国，只能唤起他的恐惧和厌恶。

事实上，即便保守秘密，事情的真相还是导致了这样的结果，即再也不在那个美丽的辛格韦德利墓地安葬什么人了，至今，那里也只葬下了两口棺材，就这样，在世界上所有的先贤祠，在那些收藏着祖国骄傲的奇特的博物馆中，辛格韦德利是惟一让我们感慨万分的。

---

① Einar Benediktsson(1864—1940)，冰岛诗人。

② Halldor Laxness(1902—1998)，冰岛小说家、诗人，一九五五年获诺贝尔文学奖。

很久以前，妻子跟约瑟夫讲过这个故事。在他们看来，这故事不免荒唐可笑，好像从中不难得出这样一个寓意：人死了，尸骨埋在哪里，都是无所谓的。

然而，当妻子的死逼近，变得不可阻挡的时候，约瑟夫改变了看法。突然间，丹麦屠夫被强行带到冰岛的故事在他看来不再可笑，而是可怖。

32

跟她一起死，这个想法早就吸引着他。这倒并非是夸张的浪漫，而更是出于理性的思考：万一妻子得的是不治之症，他决定减轻她的痛苦；为了不受谋杀罪的指控，他打算自己也去死。后来她真的病了，病得没有指望，约瑟夫不再想着要自杀。他倒不是忧虑自己的命，而是难以容忍把自己挚爱的躯体交给陌生的手去摆弄。他要是死了，谁去保护死去的妻子呢？一具尸体怎么去保护另一具尸体？

从前，他在波希米亚守过临终的妈妈；他曾经那么地爱她，但是她一死，她的躯体就激不起他的兴趣了；对他而言，她的尸体就不再是她了。而且，他的父亲与哥哥都是医生，他们照料着弥留之际的妈妈，他在家中的重要性只排在第三位。但这一次完全不同；他眼前快要死去的女人只属于他；他惟恐失去她的身体，想守护她死后的命运。他其实应该感到内疚：她还活着，还躺在他面前，和他说话，他却想着她已经死了；她看着他，两只眼睛比什么时候都大，可他却在脑子里盘算着她的棺材和坟墓。他谴责自己这种丑陋的背叛、焦虑，以及偷偷盼她早死的愿望。但他无能为力：他知道她死后，她的家人会把她要回去，葬在家族墓穴里，想到这儿，他就害怕。

他们以前轻视了葬礼会带来的麻烦，起草了一份过于粗略的遗嘱；关于他们财产的条文简略得不能再简略，而关于葬礼，他们甚至提都没提。现在她快死了，这一疏漏让他烦恼不安。但是既然他想说服她，她会战胜死亡，他就只能只字不提。叫他如何对这个一直相信自己能被治好的可怜人说实话呢？叫他如何坦言自己都想些什么呢？该如何提遗嘱的事情？何况她已经神志不清、思绪混乱？

他妻子娘家是个有影响的大家族，从来就没有喜欢过约瑟夫。他觉得必定会爆发的有关他妻子的遗体之争将是他所经历的最艰巨最重要的斗争。这具遗体可能会与其他陌生、冷漠的遗体挤在一个俗不可耐的地方，而他一死，都不知道会葬在哪里，但肯定离她很远，想到这儿，他真是受不了。容忍这些，就意味着永远的巨大失败，永不可饶恕的失败。

他所担心的事情还是发生了。他没能避免冲突。他岳母冲着他喊："这是我的女儿！这是我的女儿！"他不得不请来律师，出了一大笔钱让那家人安静下来，赶紧在墓地买了一个穴位，以快过别人的行动来赢得最后一场斗争。

一周的紧张忙碌，连觉也睡不上，给他止住了痛苦，更为奇怪的是：当她进入他们共同的坟墓（双人墓，就如双人马车），他在朦胧的悲痛中，隐约看见一道光芒，一道微弱的幸福的光芒在震颤。这是没有令他爱人失望的幸福；是为她和为他自己确保了未来的幸福。

33

片刻之前，她融进了灿烂的蓝天！她是非物质的，变成了亮光！

接着，天突然黑了。而她，落回地面，重又变成沉重而黯淡的物质。对刚发生的一切，她似懂非懂，无法把目光从上空移开：天是黑的，黑的，无情地黑。

她身体的一半冷得发抖，另一半毫无知觉。这让她惊恐。她站起来。过了漫长的几秒钟，她想起来了：山里的旅馆；中学同学。她颤抖着，迷迷糊糊地寻找道路。到了旅馆，人们叫来一辆救护车把她送走了。

接下来的几天，在医院的床上，她的手指、耳朵、鼻子一开始没有知觉，后来疼得可怕。医生们都安慰她，可有一位护士却乐于向她讲述冻伤有可能产生的不可预料的后果：最终可能会切除手指。她恐惧极了，老想着斧子；医生的斧子；屠夫的斧子；

她想像自己没有指头的手，切除的手指放在手术台上，就在她身边，在她的眼睛底下。晚上，吃饭时，给她端来了肉。她吃不下。她想像着盘子里的是她自己的一块块肉。

她的手指在疼痛中恢复了生机，而她的左耳却变黑了。一位年老、哀伤、慈善的外科医生坐在她床边，告诉她要做切除手术。她叫了起来。她的左耳！她的耳朵！我的上帝，她喊道。她的脸，她漂亮的脸，割掉一只耳朵！谁也无法让她安静下来。

哎，真是事与愿违！她曾想化为一种永恒，消除所有的未来，而现在恰恰相反，未来又出现了，不可战胜，丑陋不堪，令人厌恶，就像一条蛇，在她面前扭动，蹭着她的腿，向前爬行，为她指路。

消息在学校传开，说她迷了路，回来时浑身冻伤了。大家责备她不守纪律，不顾规章制度，傻乎乎地乱跑，甚至连基本的方向感都没有，远处的旅馆明明能看见，她就是找不到。

回到家里，她拒绝到街上去。她怕碰到她认识的人。她的父母绝望了，悄悄地把她安排到邻近一座城市的另一所中学去。

哎，真是事与愿违！她曾梦想着神秘地死去。她能做的都做了，希望没有人能知道她的死是意外还是自杀。她想把她的死作为一个神秘的信号传递给他，一个从彼世来的爱的信号，只有他能懂。她什么都考虑到了，却可能没有考虑到安眠药的剂量，也可能没有考虑到她昏睡时，气温上升了。她以为冰冻能让她沉睡，进入死亡，但是睡眠太浅了；她睁开眼睛，看见了黑色的天空。

两片天空将她的生命一分为二：蓝色的天空和黑色的天空。就是在这另一片天空下，她将走向死亡，她真正的死亡，遥远而平庸的老死。

而他呢？他生活在对她来说并不存在的天空下。他不再找她，她也不再找他。对他的回忆在她心里唤不起爱也唤不起恨。想起他的时候，她就像是被麻醉了一样，没有思想，没有感情。

34

假设人的寿命是八十岁。每个人差不多是按照这个期限来设想和安排他的生活的。我刚才所说的，所有的人都知道，只是大家很少意识到分给我们的年数并不是一个简单的数据，一个外在的特征（如鼻子的长度或眼睛的颜色），而是人的定义本身的一部分。能使出浑身解数活上两倍长时间的人，也就是说一百六十年，跟我们不属于同一个种类。在他的生活中，一切都将不同，爱情、抱负、感情、思乡，都将不同。一个流亡者在国外生活二十年后，回到祖国，若眼前还有一百年，他就不怎么会为这大回归而激动，也许是因为对他而言，这根本不是回归，而仅仅是他漫长的生命路程中拐的无数的弯中的一个。

因为祖国的概念，从这个词高尚的情感意义而言，是与我们相对短暂的生命联系在一起的；生命赋予我们的时间少得让我们没法去依恋另一个国家，另一些国家，另一些语言。

　　情色关系可以充填整个成年生活。但是如果这段生活太长，厌倦会不会在体力衰退之前，就扼杀兴奋的能力？因为在第一次、第十次、第一百次、第一千次或第一万次交欢之间，有着巨大的差别。何处是这一重复行为变得刻板，或是滑稽，甚至不可能的界限？如果逾越了这一界限，一个男人与一个女人之间的爱情将会如何？会消失吗？或是相反，情人会把他们生活中的性爱期当作真正爱情的野蛮的史前时期？回答这些问题，就如想像陌生星球上的居民的心理状态一样轻而易举。

　　爱情（伟大的爱情、惟一的爱情）的概念，有可能也产生于赋予我们的时间的严格限制。如果时间无限，约瑟夫会如此依恋死去的妻子？我们得早早死去，我们什么都不知道。

35

　　如果不从数学的途径来研究，记忆也是无法理解的。基本数据，就是生活过的时间与储存在记忆里的生活时间之间的数字关系。人们从来没有尝试计算这一关系，此外也不存在任何计算这一关系的技术方法；但是，我可以不出大的差错，猜想记忆只能保存一百万分之一、十亿分之一，简而言之，只是经历过的生活中完全微不足道的一小部分。这也是构成人的本质的一部分。如果有人能在记忆中留住他所经历过的一切，能在任何时刻回忆起他过去的任意一个片断，他跟人类就没有任何关系：他的爱情、友谊、愤怒、原谅或报复的能力都会跟我们不一样。

　　人们不断地批评那些歪曲、重写、伪造自己的过去，或是扩大某一事件的重要性而不提另一事件的人；这样的批评是公正的（它们不可能不公正），但如果在此之前不做一项更基本的批评，也就是对人的记忆本身的批评，它们就不具备重要性，因为人的记忆，可怜的记忆，真的能做些什么呢？它只能留住过去可怜的一小部分，没人知道为什么留住的恰恰是这一部分，而不是另一部分，这一选择，在我们每个人身上，都在神秘地进行，超越我们的意志和我们的兴趣。我们将无法理解人的生命，如果我们竭力排除下面这一最为明显的道理：事实存在时的原来模样已不复存在；它的还原是不可能的。

甚至连最丰富的档案都无能为力。我们可以把约瑟夫的旧日记看作是一份档案，保存了对过去的真实见证记录；这些记录讲述的事件，作者没有理由否认，但是其记忆也无法确认。从日记讲述的事情中，只有一个细节点燃了一个清晰、而且肯定是准确的回忆：他看到自己走在林间的一条路上，对一个女中学生撒谎，说要搬到布拉格去；这个小小的场景，更确切地说，这个场景的影子（因为他只记得他所说的大意和撒谎的事实），是生活中惟一储存在他记忆里的沉睡的一小部分。但是它孤立于它之前和之后的一切事情：女中学生说了些什么，做了些什么，促使他编造这一谎言？接下来几天发生了什么？他的谎言坚持了多久？他如何脱身的？

　　要是他想把这个回忆当作有意义的一段小小的插曲来讲述，那他就不得不把它插入一连串具有因果关系的其他事件、其他行为和其他话语中去；既然他什么都忘了，就只能去编造；这倒并不是为了弄虚作假，而是让回忆变得更清晰明白；而且，在他俯身看日记中文字的时候，他就本能地为自己这样去做了：

　　坏小子在跟女中学生的爱情里找不到任何迷醉的痕迹，感到绝望；他摸她的臀部，她把他的手拿开了；为了惩罚她，他对她说他要搬到布拉格去；忧伤之下，她任他抚摸，宣称她理解至死忠贞不渝的诗人；于是一切都如其所愿，只是一两个星期后，女孩从男朋友的搬家计划中推理出，她得及时找另外一个人来取代他；她于是开始去寻找这个人，坏小子猜到了，无法克制自己的妒忌心；他以她非要自己到山里去而不带他为借口，对她上演了歇斯底里的一幕；他的所作所为滑稽可笑；她放开了他。

　　不管约瑟夫多么想最贴近真实，他都不能声称他的插曲与他真正的经历是一模一样的；他知道这不过是对遗忘进行包装后的仿真。

　　我想像着两个人数年后重逢时的激动心情。从前，他们经常来往，因此觉得彼此由相同的经历、相同的回忆联系在了一起。相同的回忆？误解由此产生：他们没有相同的回忆；两个人都只从他们的见面中保留了两三个小小的情景，但是各有各的情景；他们的回忆并不相像；不能相互印证；甚至从数量上来说，也无法相比：一个人对另一个人的回忆往往多于对方对他的回忆；首先是因为记忆能力因人而异（这还是两个人都能接受的解释），还因为（这更难接受）他们对于对方的重要性不一样。伊莱娜在机场看到约瑟夫时，想起了他们过去那次艳遇的每一个细节；约瑟夫却什么也想不起来。从第一秒开始，他们的相遇就建立在不公正的、令人愤怒的不平等之上。

36

如果两个人生活在同一公寓，每天见面，而且相爱，他们的日常交谈就会协调他俩的记忆：在心照不宣、不知不觉的默契中，他们把生活中大片大片的区域都遗忘了，说着，重复说着同样的几件事情，编织着同一故事，这故事宛若枝头的微风在他们的头顶窃窃私语，总让他们想起他们曾经生活在一起。

马丁死后，烦忧的狂潮将伊莱娜从他和所有认识他的人身边卷走。他从谈话中消失了，他的两个女儿，他在世的时候都还很小，对他也没了兴趣。有一天，她碰到了古斯塔夫，为了能多说一会儿话，古斯塔夫跟她说他认识她丈夫。那是马丁最后一次跟她在一起，强大、重要、有影响力，为她走向下一个情人做了跳板。他这一使命完成之后，永远地消失了。

很久以前，在布拉格，他们结婚的那天，马丁把伊莱娜安置在他的别墅里；他把书房和办公室安排在二楼，把一楼留给了他作为丈夫与父亲的生活区域；去法国之前，他把别墅让给了他的岳母，二十年后，岳母把在此间重新置换了家具的二楼送给了古斯塔夫。米拉达来看伊莱娜时，回忆起她以前的同事。"在这儿，马丁工作过。"她说，陷入沉思。不过，这些话说完后，马丁的影子再也没有出现。很久以来，他被赶出了家，他和所有他的影子。

　　妻子死后，约瑟夫察觉到，没了日常交谈，他们过去生活的窃窃私语越来越弱。为了增强这些私语，他努力让妻子的形象重现，但是结果的贫乏让他感到悲伤。她有十来种不同的微笑。他强迫自己的想像力去重新描绘这些微笑。他失败了。她有滑稽而迅速的辩驳才能，曾让他着迷。如今他再也想不起她的任何一次反驳。有一天，他问自己：如果把他们共同生活留给他的零星的回忆累加起来，总共会有多少时间？一分钟？两分钟？

　　这就是记忆的另一个谜，比其他的谜更基本的谜：回忆是否有一个可以衡量的时间容量？是否在某一段时间内展开？他想重现他们的第一次相见：他看到一条阶梯，从人行道伸向一家酒吧的地窖；他看到昏黄的微光下单独相处的一对对男女；然后他看到了她，他未来的妻子，坐在他对面，手里拿着一杯烈酒，带着羞涩的微笑，盯着他看。他观察了她很长时间，她拿着杯子，微笑着，他仔细地审视着那张脸，那只手，在这段时间里，她一直没有动，没有把杯子举向嘴边，没有改变她的笑容。这就是可怕之处：人们回忆起的过去没有时间。不可能像重读一本书或重看一部电影一样去重温爱情。约瑟夫的妻子死了，没有了任何物质的和时间的维度。

因此，让妻子在自己的精神里复活的努力很快成了一种折磨。他并没有因找回这一或那一被遗忘的时刻而喜悦，却为包围这一时刻的巨大空白而绝望。有一天，他禁止自己在过去的走廊里痛苦地游荡，结束让妻子重生如初的徒劳尝试。他甚至对自己说，死盯住她过去的生活，这样做无异于背信弃义，将她禁锢在一座存放失物的博物馆里，把她从他现在的生活中剔出去。

此外，他们向来就不崇尚回忆。当然，他们既没有销毁他们的亲密信件，也没有销毁记录着他们的义务和约会的记事本。但是他们却从来没有过再读读这些信和记事本的想法。于是他决定跟死去的她生活下去，就如他曾跟活着的她生活过那样。他去她的坟墓不是为了悼念她，而是为了跟她在一起；为了看看她凝视他的眼睛，不是从过去，而是从现在来凝视他的眼睛。

于是他开始了一种新的生活：跟死去的她共同生活。一只新的时钟开始安排他的时间。因为喜爱清洁，她曾因为他把什么地方都弄得一团糟而生气。现在，他一个人仔细地做着家务。因为他比她活着时更爱他们的家：矮矮的木栅栏带着一扇小门；花园；深红色砖房前的冷杉；他们下班回来后坐的两张相对而置的扶手椅；窗台，她总在窗台的一侧放一盆花，另一侧放一盏灯；他们不在家的时候让灯开着，这样他们回家时，远远地从街上就能看见。他尊重这所有的习惯，精心照料，让每一张椅子，每一个花瓶都摆在她喜欢的位置。

他重新去了他们喜欢的地方：海边的餐馆，餐馆老板每次都不忘记提醒他妻子爱吃的鱼；附近小城广场拐角的那些房子，漆成红色，蓝色，黄色，漂亮不到哪里去，却令他们着迷；或是在哥本哈根时看到的码头，每天晚上六点，一艘白色的大型客轮从那儿驶入大海。他们会久久地驻足码头，看着那艘船。启航前，音乐响起，是爵士乐，邀请人们去旅行。她死后，他常去那儿，他想像着她就在他身边，感觉到两个人共同的愿望，想登上这艘白色的夜航船，在船上跳舞、入眠，在北方某个遥远的，非常遥远的地方醒来。

她希望他高雅，亲自照看他的衣物。他忘不了他的哪件衬衣是她喜欢的，哪件衬衣又是她不喜欢的。这次来波希米亚，他特地挑了她不在乎的一套西服。他不想过于重视这次旅行。这次旅行不是为了她，也不是跟她在一起。

37

伊莱娜一心想着第二天的约会，想安安静静地度过这个星期六，就像参赛前夜的运动员。古斯塔夫在城里有一个乏味的商业午餐，就是晚上也回不来。她想趁一个人的时候，长长睡一觉，然后留在自己的房间里，尽量不要跟母亲碰面；她在楼上听见她走来走去，直到中午时分才停止。最后响起了重重的关门声，她确信母亲出去了，她下楼在厨房里随意吃了点东西，也出了门。

人行道上，她着魔似地停了下来。秋日的阳光下，这个点缀着一些小别墅的花园街区有一种含蓄的美，抓住了她的心，邀请她去长时间漫步。她记得在流亡国外前的最后几天，就想作一次这样的漫步，一路沉思，久久地走着，向这座城市告别，向她喜爱的所有街道告别；但是有那么多的事情要安排，她没有找到时间。

从她散步的地方看去，布拉格是一条宽宽的绿色披巾，有宁静的街区，有两边栽着行道树的小巷。这才是她依恋的布拉格，而不是市中心繁华的布拉格；她依恋诞生于上个世纪末的布拉格，捷克小资产阶级的布拉格，她童年时，在冬日里沿着忽上忽下的小巷滑雪的布拉格，周围的森林在日落时分悄悄地散发着芬芳的布拉格。

她想着，走着；有那么几秒钟，她隐约看到了巴黎，第一次对她露出敌意的巴黎：街道那冰冷的几何形状；香榭丽舍的傲慢；象征着平等或博爱的庞大的石头女人那严肃的脸庞；而且没有一个地方，没有一个地方，能有一丝她在这里感受到的那种可爱的亲密接触，那种牧歌般的气息。并且，她在流亡国外的那段日子里，一直保留着这样一个形象，作为失去的祖国的象征：山谷中一望无垠的花园里的小房子。她曾觉得在巴黎很幸福，比在这儿幸福，但是一条隐秘的美的纽带让她只心系布拉格。她突然意识到，她是多么地爱这座城市，她离开这里时该是多么痛苦。

她回想起那烦躁的最后几天：在最初被占领的几个月的混乱中，要离开祖国还很容易，他们可以不用害怕向朋友告别。但是他们没有时间去看望每一个人。他们临走的两天前，一时冲动，去拜访了一位老朋友，一个单身男人，跟他度过了感人的几个小时。后来，到了法国他们才得知，这个人之所以长期以来对他们表现得特别关心，是因为他早被警察挑中来刺探马丁。走的前夜，她没有事先说一声，就去敲她的一个女友的门。她见女友正跟另一女人谈得火热。她一声不吭，久久地听着跟她没有任何关系的谈话，等着一个动作，一句鼓励的话，一个告别的字；毫无结果。难道她们忘了她要走吗？还是她们故意把这忘了？还是她在与不在对她们都不再重要？还有她母亲。走的时候，母亲没有拥抱她。她拥抱了马丁，而不是她。对伊莱娜，她只是用力地捏了捏她的一只肩膀，扯着嗓门喊道："我们不喜欢炫耀我们的感情！"这番话本想显得亲热而不失气魄，结果却冰冷刺人。如今回忆起这种种告别场景（虚情的告别，假意的告别），她心里想：错过跟她告别的人不会指望跟她重逢会有什么意思。

　　她在这些绿色街区走了有两三个小时。她走到了一处俯瞰布拉格的小公园的围栏边：从这里看去，城堡从后面，从隐秘的一侧露出来；这就是古斯塔夫从不怀疑其存在的布拉格；她年轻时对她很珍贵的那些名字立即向她奔来：马哈，诗人，在他那个时代，祖国还是从浓雾中走出的水泽女神；聂鲁达，捷克人民的短篇小说家；三十年代的沃斯科维奇和韦利赫的歌，她还是孩子时就已去世的父亲曾那么喜欢他们；赫拉巴尔和斯科沃雷基，她少年时的小说家；还有六十年代的小剧院和夜总会，以其失敬的幽默，显得那么自由，快乐的自由；这就是这个国家无法传递的芬芳，那非物质的本质，她带到了法兰西。

　　她把臂肘支在围栏上，向城堡看过去：走到那儿只需一刻钟的时间。正是从那里，开始了明信片上的布拉格，狂热的历史为其烙下累累伤痕的布拉格，游客和妓女的布拉格，餐馆贵得她的捷克朋友无法进门的布拉格，在探照灯下舞动的布拉格，古斯塔夫的布拉格。她心里想，对她来说，再也没有比这个布拉格更陌生的地方了。Gustaftown. Gustafville. Gustafstadt. Gustafgrad.[①]

---

① 分别为英文、法文、德文与俄文，古斯塔夫城。

古斯塔夫：她看见了他，他的轮廓在她不太懂的语言的毛玻璃后显得模模糊糊，她想，几乎是带着喜悦，这样挺好，因为真相终于显露出来：她体会不到任何去理解他，或被他理解的必要。她看见他很快活，穿着T恤衫，喊着："Kafka was born in Prague."她感到欲望正在她体内涌起，拥有一个情人的难以抑制的欲望。并非是要修补原来的生活。而是为了彻底推翻它。为了最终掌握自己的命运。

因为她从来没有挑选过任何一个男人。总是她被人选。马丁，她最终爱上了他，但起初他只是她摆脱母亲的一个机会。在与古斯塔夫的艳史中，她以为找到了自由。但是今天，她明白了这不过是她与马丁的关系的一种变形：她抓住了伸出的一只手，这只手使她摆脱了她难以承受的困境。

她知道自己生就善于感恩；她一直把这当作自己的第一美德来炫耀；当她听命于感激之情时，爱情就像顺从的女仆跑上前去。她曾经真心实意地献身于马丁，也真心实意地献身于古斯塔夫。但这又有什么值得自豪的呢？感恩，难道不只是软弱、依赖的另一个名字吗？她以后想要的，是不带任何感恩色彩的爱情！她知道这样的爱情，是要用勇敢和冒险的行为来付出代价的。既然，在她的爱情生活中，她从来都没有勇敢过，所以她都不知道勇敢意味着什么。

突然，似乎就像是一阵风：流亡国外的旧梦，从前的焦虑，快镜似地掠过：她看到一些女人突然出现，围着她，举着大杯的啤酒，背信弃义地笑着，阻止她逃脱；她在一家商店里，别的女人，售货员，向她冲过来，给她穿了件裙子，裙子在她身上变成了囚衣。

她靠着围栏过了很久，然后直起身来。她满怀信心，肯定自己能逃脱；她不会留在这个城市；既不待在这个城市，也不待在这个城市正给她编织的生活里。

她走着，心想今天她终于实现了她以前错过的告别式的漫步；她终于向她最爱的城市作了伟大的告别，为了过上自己的生活，她无怨无悔，作好了再次失去这座城市的准备。

38

　　共产主义从欧洲消失时，约瑟夫的妻子坚持要他回去看看他的祖国。她想陪他去。但是她死了，从那时起，他一心想着跟已不在人世的她过新的生活。他试图说服自己，这是幸福的生活。但是有幸福可言吗？是的，这幸福，就像一道颤动的微光，穿透了他的痛苦，一种顺从的、平静的、不断的痛苦。一个月前，他无法走出悲伤，回忆起死去的妻子说过的话："从你的角度来说，不回去，是不正常的，没有理由的，甚至是卑鄙的。"确实，他想，妻子一再促动他去作的这次旅行，现在也许能帮他一把；至少能帮他避开几天他那十分痛苦的生活。

　　于是他准备去旅行，一个念头怯怯地在他脑中萌生：要是他永远都留在那儿呢？不管怎么说，他在波希米亚总可以像在丹麦一样继续当兽医。在这之前，他似乎无法接受这样的想法，这简直就是对他心爱的人的背叛。但他想：这真的是背叛吗？既然他妻子的存在是非物质的，为什么一定要把它与一个地方的物质性联系在一起？她难道在波希米亚不会像在丹麦一样跟他在一起吗？

他离开了旅馆，开着车闲逛；他在乡下的一家小饭馆吃了午餐；然后在田间穿行：小路，蔷薇，树，还是树；他莫名地激动起来，看着天边树木繁茂的丘陵，想到在他自己的生活空间里，捷克人曾两次为了使这片景物永远是自己的景物而准备献出生命：一九三八年，他们想与希特勒搏斗，而他们的同盟，法国人和英国人加以阻止，他们绝望了。一九六八年，俄国人侵略了他们的国家，他们又一次要搏斗；可他们同样被迫投降，又一次陷入了同样的绝望。

准备为祖国献出生命：所有的民族都熟悉这种牺牲的愿望。捷克人的敌人，德国人和俄国人也一样：但他们是大民族。他们的爱国主义是不同的：他们为他们的荣耀，为他们的重要性，为他们的国际使命而激奋。捷克人爱他们的祖国，不是因为她辉煌，而是因为她无名；不是因为她强大，而是因为她弱小，并且不断地处于危险之中。他们的爱国主义，是对他们的国家的无限同情。丹麦人也一样。约瑟夫选了一个小国去流亡，并不是出于偶然。

他看着这片景色，心情激动，心想他的波希米亚最近半个世纪的历史是迷人的，独一无二的，前所未有的，若不对这段历史感兴趣那是思想上的狭隘。明天早上，他将看到 N。他们没有见面的这段时间里他过得如何？他如何看待俄国人占领自己的祖国？他如何经历从前诚心诚意、清清白白信仰的共产主义在捷克的结束？他接受的马克思主义教育如何容纳全球都在鼓掌欢迎的资本主义的回归？他反抗吗？还是他已经放弃了他的信仰？要是他放弃了自己的信仰，对他而言会不会是个悲剧？其他人怎么对他？他听到了他嫂子的声音，她是个追捕罪人的猎手，肯定想看到 N 戴着手铐站在法庭上。N 难道不需要约瑟夫对他说，不管历史如何扭曲，友情永存吗？

他的思想又回到那位嫂子身上：她憎恨共产党人，因为他们否认神圣的财产权。而对于我，他想，她否认我对我那幅画的神圣所有权。他想像着那幅画就挂在他那间砖房的一面墙上，突然，他吃惊地意识到，那片市郊工人区，那幅捷克的德兰画，那幅大写的历史的怪象，放在他家中，将是一个扰乱者、入侵者。他怎么能想到要带走它呢？那幅画，在他跟死去的妻子生活的地方，没有它的位置。他从来没跟她提过那幅画。它跟她，跟他们，跟他们的生活，没有任何关系。

接着，他又想：如果一幅小小的画就能扰乱他与死去的妻子的共同生活，那么整个国家，她从来没有见过的国家，持久而坚决地存在着，它所造成的扰乱将严重得多！

太阳落向地平线，他驾车行进在通往布拉格的路上；景物，人们准备为之献身的他这个小小国家的景物，从他身边飞速离去，他知道还有更弱小的东西，更迫切地呼唤他的怜爱：他看见两张扶手椅，面对着面，还有放在窗台上的那盏灯、那盆花，他的妻子种在屋前的细高的冷杉，冷杉就像是她举着的一只手臂，远远地把他们的家指给他看。

39

　　斯卡采尔把自己关进悲苦之屋三百年，是因为他发现自己的国家已被东方帝国永远吞没了。他错了。对未来，任何人都会出错。人只能对现时有把握。可果真如此吗？人真能认识现时？能对现时作出判断吗？当然不能。不知晓未来的人怎能理解现时的意义？如果我们不知道现时会把我们引向何种未来，我们怎能判断这一现时是好还是坏，怎能说它值得我们支持、怀疑还是憎恨呢？

　　一九二一年，阿诺德·勋伯格宣称德国音乐会因他本人而在以后的一百年内一直主宰世界乐坛。十二年后，他不得不永远地离开了德国。第二次世界大战后，他在美国享有盛誉，他一直坚信自己的作品永远不会被辉煌所抛弃。他指责伊戈尔·斯特拉文斯基①太为当代人着想而忽略了对未来的判断。他把后人视为自己最坚定的同盟。在一封致托马斯·曼的措辞严厉的信中，他要"两三百年以后"的时代作证，他与托马斯·曼谁更伟大会在那时见分晓！一九五一年阿诺德·勋伯格去世。在此后的二十年内，他的作品被冠以二十世纪最伟大的作品，自称其弟子的才华横溢的青年作曲家们对其作品推崇备至；但是此后，其作品就远离了音乐厅，也走出了人们的记忆。世纪末的今天，还有谁在演奏他的作品？还有谁会提到他？不，我不想愚蠢地嘲笑他的自大，也不想说他高估了自己。一千个不！是他高估了未来。

　　他的想法出错了吗？不。他的想法是对的，只不过他生活在一个高高在上的世界里。他与巴赫、歌德、勃拉姆斯、马勒等最伟大的德国人探讨问题，尽管闪现着智慧的光辉，但是，在精神的高层展开的讨论，对下面毫无因由、不合逻辑地发生的一切总是视而不见：两支大军为了神圣的事业浴血奋战；可一个小小的鼠疫病菌却最终将它们统统掀翻在地。

　　勋伯格意识到了细菌的存在。早在一九三○年，他就曾这样

----

① Igor Stravinski（1882 — 1971），俄罗斯作曲家。

写道:"收音机是一个敌人,一个冷酷无情的敌人,它不可抵挡地勇往直前,对它的任何抵抗都注定没有任何希望。"收音机"将音乐灌入我们的大脑……却不问我们是否喜欢听音乐,是否具有感受音乐的能力,"就这样,收音机将音乐变成了一种普通的噪音,众多噪音中的一种噪音。

收音机是一条小溪流,一切由此开始。接着出现了许多其他的技术手段用以复制、扩充、增强声音,溪流变成了宽广的大河。如果说,以往人们出于对音乐的热爱而听音乐,那么今天,"不问我们是否喜欢听音乐",音乐都在嚎叫,随时随地。在高音喇叭里,在汽车上,在饭店里,在电梯里,在大街上,在候车室里,在健身房里,在随身听的耳机里,音乐在嚎叫,音乐被改写、被重新配器、被删节、被肢解,一段段摇滚、爵士、歌剧,声浪滚滚,成了大杂烩,弄不清谁是作者(成为噪音的音乐是匿名的),也分辨不出头尾(成为噪音的音乐是没有形式的)。音乐就这样牺牲在音乐的脏水中。

勋伯格了解细菌,意识到细菌的危害,但是在内心深处对它并不十分重视。正如我在上面讲到的那样，他生活在精神的极高层，傲气阻止了他认真对待一个如此渺小、俗气、令人反感、令人鄙视的敌人。伊戈尔·斯特拉文斯基是他惟一的旗鼓相当的伟大对手，伟大的竞争对手，他满怀激情，严肃地与之斗争。为了赢得未来的青睐，他与之决一死战。

但未来是一条大河，是由音符汇聚而成的洪水，作曲家们的一具具尸体漂浮在枯叶断枝中间。一天，勋伯格的尸体在翻滚的浪潮撞击下与斯特拉文斯基的尸体相遇，在姗姗来迟，应当受到谴责的妥协中，两具尸体继续朝着虚无（朝着音乐的虚无，即绝对的喧嚣）前进。

40

　　让我们回忆一下：伊莱娜与丈夫站在一条穿过一座法国外省城市的河流的堤岸上，她看到对岸被伐倒的树木，这时，从一只高音喇叭里突然传出的音乐声，吓了她一跳。她捂住耳朵，哭了起来。几个月后，她在家中守候在生命垂危的丈夫身旁，隔壁的公寓里传来震耳的音乐声。她敲了两次门，请求邻居关掉音乐，可两次都无济于事。最后，她嚷道："快关掉这恐怖的玩艺儿！我丈夫要死了！听到了吧！马上要死了！死了！"

　　伊莱娜初到法国那几年，经常收听广播节目，这帮她熟悉了法语和法国人的生活，但马丁死后，由于她再也不喜欢音乐，她再也无法从收音机里得到丝毫的快乐；新闻已不像从前那样连续播出，两条新闻之间总是插入三秒、八秒、十五秒的音乐，而且这些小插曲持续的时间还在一年年地偷偷延长。就这样，她深刻地见识了勋伯格所说的"成为噪音的音乐"。

　　她在床上，躺在古斯塔夫身旁；一想到要约会，她兴奋异常，她担心自己睡不好；由于服了一片安眠药，她昏昏入睡，可半夜醒来，她又吃了两片，后来由于紧张，绝望，她干脆打开了枕边的小收音机。为了能再睡一会儿，她想听到人的说话声，听到某一句话，能够吸引她的思绪，把她带往别处，让她安宁，让她入睡；她从一个台调到另一个台，但流淌的都是音乐，是音乐的脏水，是一段段的摇滚、爵士、歌剧，在这个世界上，她无法向任何人倾诉，因为人人都在歌唱，都在嚎叫；在这个世界上，也无人与她倾诉，因为人人都在蹦跳，都在舞蹈。

　　一边是音乐的脏水，一边是呼呼的鼾声，伊莱娜犹如被围困着，渴望身边拥有一片自由的空间，一片可以呼吸的空间，但是她撞到了一个躯体，苍白无力，像一袋烂泥般被命运扔在了自己的人生旅途上。她对古斯塔夫的憎恶感又向她袭来，并非因为他的身体疏远了她的身体（啊，不！她永远都不会再跟他做爱了！）而是因为这鼾声让她无法入睡，她有可能因此而毁掉她这次生命的聚会，聚会即将到来，差不多就在八小时后，天快亮了，可睡意就是不来，她很清楚，如果她睡不好，到时她会疲倦，紧张，面庞也会显得丑陋而衰老。

　　憎恨的强大力量最终像麻醉剂一样起了作用，她睡着了。当她醒来时，古斯塔夫已经出门，枕边的小收音机依旧在播放着成为噪音的音乐。她头痛，感到疲惫不堪。她很想继续躺在床上，但是米拉达说过要在十点钟来拜访。为什么偏偏今天呢！伊莱娜丝毫不想跟任何人在一起！

41

　　小楼建在一个山坡上，从街上只能看到底层。门开了，约瑟夫迎面碰到了一条高大的德国牧羊犬，它一个劲地与约瑟夫亲昵。过了好半天，他才看到N。N笑着制止了牧羊犬，领着约瑟夫穿过一条走廊，然后又通过长长的楼梯，朝一个两居室的公寓走去，公寓与花园位于同一水平线，由他和妻子一起住；他妻子正好也在，友好地向约瑟夫伸出手。

　　N指了指天花板说："上面的房间要宽敞得多，我女儿和儿子跟他们的家人住在那里。别墅是我儿子的。他是个律师。可惜他不在家。听我说，"他压低声音说，"如果你想回国定居，他一定会帮你的忙，他会为你提供一切方便。"

　　这番话让约瑟夫想起四十年前的一天，那天N也是这样压低声音，偷偷地主动向他表示友谊，提供帮助。

　　"我跟他们提过你……"N说，说罢朝楼上喊了好几个人的名字；他的孙子辈、重孙子辈纷纷从楼上下来，个个都漂漂亮亮、文雅大方（约瑟夫目不转睛地看着一个金发女孩，那是N的一个孙子的女朋友，一个连一个捷克词都不会说的德国姑娘）；这些孩子，就连女孩也比N高大；（在后辈面前，N就像一只在野草丛中迷路的兔子，身边的野草转眼长高了，把他给遮住了）。他们就好像是表演中的时装模特，一语不发地微笑着，直至N请他们离开，让他与朋友单独待一会儿。他妻子留在屋子里，约瑟夫和N走出房子来到花园里。

牧羊犬跟在他们的身后，N说："我从未见到这狗因客人而如此激动，好像它认出了你所从事的职业。"接着，他详细讲述他如何一个人规划花园，如何用小路将草坪分开，然后又向朋友一一介绍所有的果树；约瑟夫为了谈一谈他想说的话题，不得已打断了N有关花草的长篇大论：

"告诉我这二十年你是如何过的？"

"咱们不提这个。"N边说边把食指放在胸口，约瑟夫不懂他这个动作的含义：政治事件竟让他感受如此深刻，"直至肺腑"？

要不他经历了什么爱情悲剧？或者得过心肌梗塞？

"以后我会告诉你的。"N接着说，把这个话题完全岔开了。

谈话并不顺利；每当约瑟夫停下来想更好地提出一个问题，牧羊犬就像得到特许似的，朝他扑来，把爪子放在他的肚子上。

"我还记得你一直说的那句话，"N说，"因为对疾病感兴趣，所以才成为医生。爱动物才会成为兽医。"

"我真的说过这些话吗？"约瑟夫感到惊讶。他记得前天晚上曾对嫂子说过，他选择这一职业是出于对家庭的反叛。他是出于热爱而不是出于反叛而做出了这一选择吗？恍惚间他好像看到他遇到过的所有生病的动物从眼前走过；然后他又看到安在他那座砖房后部的动物诊所，明天（对，就在二十四小时后！）他会重开大门，迎接当天的第一个患病的动物；他的脸上露出了长时间的微笑。

他不得不强迫自己，回到刚刚开始的话题上：约瑟夫问N是否有人曾因他在政治上的旧事而攻击他；N回答说没有；他认为，人们都知道他总是帮助那些被制度戏弄的人。"对此我并不怀疑。"

约瑟夫说（他真的毫不怀疑），但他又追问：N本人对自己的过去是如何评价的？是一个错误？一次失败？N摇摇头，说既不是错误也不是失败。最后约瑟夫问他对资本主义如此迅猛地复辟有何看法。N耸耸肩说，既然形势如此，别无办法。

不，这次谈话并不顺利。起初约瑟夫以为N觉得他的问题提得冒失。接着他又改变了想法：这些问题不只是冒失，而是过分了。如果嫂子的报复梦得以实现，如果N被起诉，被送上法庭，要是这样，也许他会回到他作为共产党人的过去，为之辩解，为之辩护。但是没有被送上法庭，如今这段往事离他已经遥远了。它已不再留在他的心头。

约瑟夫想起他很久以前的想法，当时他认为这个想法简直是亵渎神明：信仰共产主义与马克思及其理论毫不相干；那个年代只为人们提供了机会，使他们得以满足形形色色的精神需要：不墨守成规的表现需要；服从的需要；惩罚坏人的需要；做个有益的人的需要；与年轻人一同朝着未来前进的需要；或者身边拥有一个大家庭的需要。

　　牧羊犬欢快地吠着，约瑟夫心里想：如今人们离开共产主义并不是因为他们的思想发生了变化，精神上受了打击，而是因为共产主义已不能再提供机会，去表现出不墨守成规，去让人服从，去惩罚坏人，去做个有益的人，与年轻人一道前进，或身边拥有一个大家庭。它变得毫无用处；以至于所有人都轻易地将其抛弃，甚至都没有意识到这一点。

　　尽管如此，此次拜访的最初意图在他心里依然没有得到满足：那就是要让N知道，假如N被送上法庭，约瑟夫一定会为他辩护的。为了达到这个目的，约瑟夫想首先向他表明他并没因共产主义时代之后在此确立的世界而盲目欣喜，他提起在他出生的城市的广场上的一幅大广告画，画上有一个无法理解的首字母缩写词，在向捷克人提供什么服务，同时向捷克人展示了紧握在一起的一只白手和一只黑手："请告诉我，这还是我们的国家吗？"

　　他期待听到对统一全球的世界资本主义的一句嘲讽，但是N沉默不语。约瑟夫继续说："苏维埃帝国坍塌了，因为它再也控制不了那些想独立的民族。但是这些民族，如今却不如以前那样独立自主了。它们既不能选择自己的经济，也不能选择自己的对外政策，甚至连广告用语都不能选择。"

"长久以来，民族的自主一直是一个幻想。"N说。

"但是如果一个国家不独立，甚至不渴望独立，难道还会有人时刻准备着为它献身吗？"

"我不愿意我的孩子们时刻准备着去献身。"

"那我换一句话说：还有人热爱这个国家吗？"

N放慢了脚步，激动地说："约瑟夫，你怎么能流亡国外呢？你可是个爱国者呀！"然后，他很严肃地说："为祖国献身，如今再也不会有人。也许对你来说，在你流亡国外期间，时间停滞不前了。但是他们，他们已和你的想法不同了。"

"他们是谁？"

N朝楼上扬了扬头，好像是说他的子孙后代。他说："他们是在别处。"

42

　　说最后这几句话时，这两个朋友都站在原地没动，牧羊犬抓住机会：它立起身来，把爪子放在约瑟夫身上，约瑟夫抚摸着它。N久久地注视着这人和牧羊犬组成的一对，越来越感动。好像在此时，他才彻底意识到他们二十年没有见面："啊，你来我太高兴了！"N拍拍他的肩，请他坐在一棵苹果树下。约瑟夫一下子明白了：他所准备的严肃而重要的谈话不会发生了。他惊讶地发现，这是一种释怀，一种解脱！总之，他并不是来让他的朋友接受审讯的！

　　仿佛障碍已被排除，他们的谈话轻松、愉快地开始了，这是两个老朋友之间的谈话：零散的回忆，共同的朋友的消息，有趣的评说，反常的现象，轻松的玩笑，等等。仿佛是一缕微风，温暖、有力地把他拥入怀中。约瑟夫感受到一种抑制不住的诉说的快乐。啊，快乐，多么出乎意料！二十年里，他几乎没讲过捷克语。与妻子讲话很容易，丹麦语已经变成了亲密的共同语。但是与其他人说话时，他一直都注意斟酌词语，注意语调。他觉得丹麦人说话仿佛在轻快地飞跑，而他说话却只能跟在后面小跑，身上像是背着二十公斤重的东西。此时，词语自己就从嘴里迸了出来，无需寻找，斟酌。捷克语不再是在家乡城市的旅馆里令他诧异的那门带有鼻音的陌生的语言。他终于能听懂这一语言，津津有味地回味着。说着这门语言，他感到就像接受了瘦身治疗后那般轻松。他说着，好像在飞一般，他回来后第一次在自己的国家里感到快乐，感觉这是属于自己的国家。

被朋友身上闪现的快乐所感染，N越来越轻松；N会心地一笑，提起以前那个秘密的情妇，感谢约瑟夫曾经在妻子面前替自己开脱。约瑟夫已不记得了，相信N一定是把他与另一个人弄混了。但N给他细细讲述的这个替人开脱的故事，是那么美，那么有趣，说到最后，约瑟夫主动承认的确在其中扮演过主要角色。他头朝后仰，太阳光穿过树叶，照在他的脸上，只见他的脸上露出快乐的微笑。

他们正沉浸在这种愉悦之中，N的妻子的话让他们吓了一跳："你和我们一起吃午饭吗？"她问约瑟夫。

他看了看表，站起身来说："我半小时后有个约会！"

"那你今天晚上来吧！咱们一起吃晚饭。"N热情地邀请他。

"今天晚上我就回到家了。"

"你说回到家，意思是……"

"回到丹麦。"

"听你这样说真奇怪，你的家，难道不在这里吗？"N的妻子说。

"不，在那里。"

一阵久久的沉默，约瑟夫以为他们会追问：丹麦真的是你的家吗？你在那里过得怎么样？跟谁一起过？说说！你家房子怎么样？你妻子是什么样的人？你幸福吗？说呀！说说呀！

但是N和他的妻子一个问题都没有问。突然间，矮矮的木栅栏和冷杉出现在约瑟夫面前。

"我得走了。"他说，说罢他们一同往楼梯走去。上楼时，他们沉默不语，在这默默无语中，约瑟夫突然为妻子不在身边而感到难过；在这里没有妻子的一丝痕迹。在这个国家度过的三天里，任何人都没有提到他的妻子一个字。他明白：如果他留在这里，就会失去妻子。如果他留在这里，她就会消失。

他们在人行道上停下脚步，再一次握手，牧羊犬将爪子搭在约瑟夫的肚子上。

然后，夫妻俩和牧羊犬一起目送他离去，直至他在他们的视线里消失。

43

多少年以后，当米拉达在餐馆的包间从其他女人中间认出伊莱娜时，不由自主地对伊莱娜产生了一种好感；有一个细节特别吸引她：伊莱娜给她朗诵了一首扬·斯卡采尔的四行诗。在波希米亚这个小地方，很容易遇到、接触到诗人。米拉达与斯卡采尔曾经相识，他身材矮胖，面部冷峻，好像用石头雕刻出来的一般。过去她曾经以一个女孩的天真崇拜他。他所有的诗不久前结集出版，米拉达把这本诗集当作礼物送给她的这个朋友。

伊莱娜翻了翻诗集，说："如今还有人读诗吗？"

"没有了。"米拉达说。接着她给伊莱娜背诵了一些诗句："中午，有时我们看到黑夜朝河流走去 ……"或者，请听好："池塘，仰天而卧的水 ……"还有，斯卡采尔说："在某些夜晚，空气是那般温柔，脆弱，仿佛人们赤脚走在玻璃碎片上。"

听着米拉达背诵诗句，伊莱娜想起在流亡国外的最初几年里经常突然闪现在脑海中的那些幻觉。那是同一景象的某些片段。

"比如说这样一个形象：……死人与孔雀同在一匹马背上。"

米拉达吟诵着这些诗句，声音微微颤抖：这些诗句总是让她想到这样的幻景：一匹马穿过原野；马背上一具骷髅手持长柄镰刀，身后，还是在马背上，一只开屏的孔雀，羽毛绚烂，闪闪发光，象征着永恒的骄傲。

伊莱娜感激地望着米拉达，米拉达是她在这个国家里找到的惟一朋友，她看着米拉达圆圆的漂亮面庞，她的发型使她那张脸显得更加圆；她在沉默，在深思，此时脸上的皱纹因皮肤静止不动而消失了，看上去像一个年轻的女人；伊莱娜希望她不作声，不吟诵诗歌，希望她永远这样一动不动，永远这样漂亮。

"你一直梳这个发型，不是吗？我从来没有见过你换别的发型。"

米拉达好像要避开这个话题，说："怎么样，你终归有一天要下决心的吧？"

"你知道古斯塔夫在布拉格和巴黎都有办事处！"

"但是如果我没理解错的话，他只想在布拉格定居。"

"听着，在巴黎与布拉格之间两头跑，这很适合我。我在这边和那边都有工作，古斯塔夫是我惟一的老板，我们会安排好的，我们会临时作出决定。"

"巴黎有什么让你牵挂的？你的女儿吗？"

"不。我不想跟她们在一起过。"

"你在巴黎有了什么人？"

"没有。"她接着说："有我的房子。"接着又说："我的独立。"然后又慢条斯理地说："长久以来，我一直感觉我的生活受别人支配。马丁死后的那几年除外。那是最艰难的几年，我一个人拉扯着两个孩子，不得不自己想办法应付。当时真苦。你不会相信，但今天，在我的记忆中，那是我最幸福的几年。"

她说丈夫死后的那几年是最幸福的，这说法连她自己都感到惊讶，她连忙改口说："我是想说，那是我惟一一次自己主宰生活。"

她沉默不语。米拉达没有打断沉默，伊莱娜又接着说："我结婚很早，当时只是为了逃避我母亲。但恰恰因为这样，这是一个被迫的选择，并不真正自由。最糟糕的是，为了逃避我母亲，我却嫁给了她的一个老朋友。因为我只认识她身边的人。所以，即使结了婚，我依然在她的监视之下。"

"你当时多大？"

"不到二十岁。从那时起，一切都被永远决定了。就在那时我犯了一个错误，一个很难确定、难以抓住的错误，那是我整个生命的起点，我永远无法补救。"

"年轻无知时犯下的一个无法补救的错误。"

"是的。"

"年轻无知时结了婚，有了第一个孩子，选择了自己的职业。后来有一天发现也明白了许多事情，但是一切都太迟了，因为人的整个一生已经在一个我们一无所知的年代被决定了。"

"对，对，就像我流亡国外一样！流亡国外也正是我以前的那些决定造成的后果。我流亡国外是因为秘密警察不让马丁过太平日子。他再也无法在此地生活下去了。可我，还可以。我与丈夫休戚相关，我并不为此感到遗憾。不管怎么说，流亡国外并不是我自己的事，不是我的决定，不是我的自由选择，也不是我的命运。我妈妈把我推向了马丁，马丁把我带到了国外。"

"对，我想起来了。作这个决定时你不在场。"

"甚至我母亲也不反对。"

"相反，这倒成全了她。"

"你的意思是？是别墅吗？"

"一切都与财产有关。"

"你又变成了马克思主义者。"伊莱娜微微一笑说。

"你看到经过四十年的共产主义，资产阶级是如何在几天之内卷土重来的吗？他们以种种方式活了下来，有的被投进监狱，有的被赶下以前的位子，但有的真能找路子，竟然拥有了辉煌的事业，当上了大使，教授。如今，他们的儿孙重又聚到一起，像是一个秘密兄弟会，他们占了银行，报纸，议会，政府。"

"可是，你一直还真的是共产党员。"

"这个词已无任何意义。不过我的确一直都是穷人家的女儿。"

　　她沉默不语，脑海中浮现出一个个画面：一个爱上了一个富家男孩的穷人家的小姑娘；一个想在共产主义中找到其生命意义的年轻女子；一九六八年后，一个嫁给了一个持不同政见者的成熟女子，她一下子认识了一个比以往更为广阔的世界：不仅有起来反对共产党的共产党人，还有教士、老政治犯、失去社会地位的大资产者。后来，一九八九年后，就像从梦中醒来，她又变成了原来的那个人：一个穷人家的姑娘，但已经老了。

　　"抱歉，你已经告诉过我了，但是我还不敢肯定，你是在哪儿出生的？"伊莱娜问。

　　她说出了一个小城市的名字。

　　"我今天中午就跟一个那儿的人一起吃饭。"

　　"他叫什么名字？"

　　听到这个人的名字，米拉达微微一笑，说："我发现这个名字又给我带来了晦气。我本想邀请你一起吃午饭。太遗憾了。"

44

他准时到达，但她早已在旅馆大厅里等他了。他领她走进餐厅，走到事先订好的餐桌旁，让她坐在自己的对面。

说了几句话后，她打断他的话，问："你在这里快乐吗？你愿意留下来？"

"不，"他说；这回他问她："你呢？在这里有什么让你牵挂的吗？"

"没有。"

回答得斩钉截铁，与他的回答一样，两人不禁笑出声来。他们由此达成了默契，快乐而轻松地交谈起来。

他点菜，侍者将点酒的单子拿上来，伊莱娜抢过单子说："你点菜，我点酒！"她看到单子上有几种法国葡萄酒，选了一种说："对我来说，酒关系到荣誉问题。我们的同胞对酒不了解，而你被野蛮的斯堪的纳维亚都弄呆了，对酒更不了解。"

　　她跟他说起，她的那些朋友如何拒绝喝她带给她们的波尔多葡萄酒："你想一想，一九八二年的佳酿啊！可她们却故意要给我上一堂爱国主义教育课，她们都喝啤酒！后来，她们又可怜我，喝啤酒都喝醉了，又要喝葡萄酒。"

　　她说着事情经过，表情滑稽，他们一起笑着。

　　"最糟糕的是，她们跟我谈论我根本不知道的人和事。她们不愿意相信，过了这么长时间，她们的那个世界早已在我脑中消失得无影无踪了。她们以为我忘了那些事，是想让别人对我感兴趣。想摆脱别人的追问。真是奇怪的谈话：我呢，我忘了她们以前的样子；可她们，对我如今变成了什么样子也不感兴趣。在这里，谁也没有问过一声我在那边的生活情况，你知道吧？从没问过一声！没有！我一直觉得人们是想在这儿把我生活的那二十年全部截去。真的，我有一种被截肢的感觉。我感觉自己缩小了，像个小矮人。"

　　她很讨他喜欢，她所说的一切也让他喜欢。他理解她，赞同她所说的一切。

"在法国时，你那些朋友问你问题吗？"

她正要说是的，但马上改变了主意；她想如实回答，于是慢悠悠地说："当然不问了！但是，如果人常见面，他们会认为相互之间已很了解。他们相互不问什么，但不为此感到失望；如果他们相互之间不感兴趣，那也没有一丝恶意。他们根本意识不到。"

"的确如此。只有离开祖国多年，回到家乡后才会对这明显的道理感到震惊：人们相互之间不感兴趣，这很正常。"

"是的，这很正常。"

"但是，我一直在想别的事情。不是对你，对你的生活，对你本人。我在想你的经验。你所看到的，你所经历的。对这些，你的那些法国朋友不可能没有一点想法吧。"

"你知道，法国人用不着什么经验，在他们那里，判断先于经验。我们到那里时，他们用不着了解什么情况。他们早已了解清楚斯大林主义是一种邪恶，流亡国外是一个悲剧。他们对我们想什么不感兴趣。他们对我们感兴趣，是要把我们当作他们的想法的活生生的证据。为此，他们才对我们慷慨相待，并为此而自豪。

他们死死地盯着我们，打量着我们。这时，事情就变得很糟糕了。我并没有像他们期待的那样行事。"

她喝了些酒，接着说："他们的确为我做了很多，他们在我身上看到了一个流亡者的痛苦。然而，又到了我要用回归的喜悦来证明这种痛苦的时刻。可是没有证明成。他们都错了。我也是如此，因为在这期间，我一直认为他们并不是因为我的痛苦而喜欢我，而是喜欢我本人。"

她向他谈起了茜尔薇。"我第一天到布拉格没有跑去看街垒，她感到失望！"

"街垒？"

"街垒当然不存在了，那只不过是茜尔薇想像出来的罢了。几个月后，我才到布拉格来，我在这里住了一段时间。回巴黎后，我感到要疯了似的，迫切需要和她聊一聊，你知道，我的确很喜欢她，我本想什么都告诉她，跟她讨论，谈一谈二十年后回到祖国时受到的冲击，但是，她已经不那么想见我了。"

"你们争吵过吗？"

"当然没有。只不过我已不再是一个流亡者了。我不再让人感兴趣了。所以她客客气气，带着微笑，慢慢地与我断了往来。"

"那你还能跟谁谈谈呢？跟谁相通呢？"

"没有人。"接着她说："跟你。"

45

　　他们沉默不语。她又以几乎严肃的口气说了一遍："跟你。"她然后接着说："不是在这里。是在法国。或者在别处。在任何地方。"

　　通过这番话，她把自己的未来交给了他。尽管约瑟夫对未来不感兴趣，与这个女人在一起还是感到幸福的，显而易见，她渴望得到他。他仿佛回到了从前，回到了他去布拉格勾引女孩子的年代。此时，这过去的岁月仿佛在邀请他重拾已经破碎的记忆。他觉得在这个陌生女人的陪伴下自己变年轻了，突然，他觉得为了跟前妻的女儿见面而缩短下午的时光，这种想法实在无法接受。

　　"失陪一下好吗？我得去打个电话。"他站起身，朝一个电话间走去。

　　她看着他，只见他背微微有些驼，他拿下听筒；与他相隔这样一段距离，她可以更清楚地判断他的年龄。她在机场见到他时，觉得他更年轻些；现在她觉得他恐怕要比她大十五或二十岁；与马丁，与古斯塔夫差不多大。她并没有因此而失望，相反，这给了她一种安慰的感觉，觉得不管这次相遇有多么大胆，多么危险，它都属于自己的生活轨迹，而且并不像看上去那样疯狂（我指出一点：她感到鼓舞，就像当初古斯塔夫得知马丁的年龄时一样）。

他刚一报名字，前妻的女儿就冲了他一句："你给我打电话是告诉我你不能来了吧。"

"你完全明白。离开这么多年，我有很多事情要处理。我一分钟的空闲都没有。对不起。"

"你什么时候走？"

他正要说"今晚"走，但一想到她可能会到机场去见他，就撒谎说："明天早上。"

"你没时间来看我吗？在两次约会之间抽出点时间都不行吗？哪怕今晚晚些时候也不行？你什么时候想来我都有时间！"

"不行。"

"可是，我还是你妻子的女儿吧！"

她最后一句话几乎是在叫喊，那么夸张，这让他不由得想起过去在这个国家里令他恼火的一切。他很生气，想找一句刺人的话。

可她比他说得更快："你哑巴了！你不知道说什么好！行，让我来告诉你吧，妈妈根本就不让我给你打电话。她告诉我你是何等自私！是个何等肮脏、可怜、自私的小人！"

她说罢就把电话挂了。

他朝餐桌走过来，感觉被溅了一身污水。突然，一句话毫无逻辑地闪现在脑海里："我在这个国家里有许多女人，却没有一个姊妹。"他为自己想到这句话，想到"姊妹"这个词感到惊讶；他放慢脚步，想好好品味这个如此安详的字眼：姊妹。的确，在这个国家里，他从来没有找到过一个姊妹。

"有什么不愉快的事吗？"

"没有什么严重的事，"他边坐边回答说，"不过的确有些不愉快。"

他默不作声。

她也不说话。无眠的夜里吞下的安眠药让她感到疲倦。为了驱走倦意，她把瓶中余下的酒全倒入自己杯中，喝了下去。她把手放在约瑟夫手上说："我们在这里不好。我请你去喝点什么吧。"

他们朝一家酒吧走去，只听从酒吧传出猛烈的音乐声。

她向后退去，然后克制住自己：她想喝烈酒。他们在吧台每人喝了一杯白兰地。

他看着她说："你怎么了？"

她甩了甩头。

"是因为音乐吗？去我那儿吧。"

46

从伊莱娜嘴里得知他人就在布拉格，这是一个相当奇特的巧合。但人上了一定岁数，巧合便失却魔力，不再让人惊喜，而变得平淡无奇。对约瑟夫的回忆再也激不起她心中的不宁。她带着一份苦涩的幽默，想起了他以前总是喜欢用孤独来吓唬她，确实，他刚刚又判她独自一个人用午餐。

他那套关于孤独的话。孤独这个词一直留在她的记忆中，也许是因为她当时觉得这个词是那么难以解释：她还是个小姑娘，有两个哥哥，两个姐姐，她痛恨兄弟姐妹这么多；她没有自己的房间做作业看书，总是好不容易才能找着一个清静的角落让自己一个人待着。显而易见，他们的烦恼是不一样的，但她心里明白，在她朋友的嘴里，孤独一词具有更为抽象更为崇高的意义：独自穿越生命而不用任何人关心；说话不用人倾听；经受痛苦而不用人怜悯；总之，像她后来真的生活过的那样生活。

　　她在离家很远的一个居民区泊好车，开始寻找一家小酒吧。要是中午没有人跟她一起用餐，她从不去餐馆（要是在餐馆里，那对面的空椅子上，孤独将会来就座，细细打量着她），而是喜欢往吧台上一靠，吃个三明治。她从一个玻璃橱窗前经过，目光落在她映在玻璃上的形象上。她停下脚步。看自己，这是她的癖好，也许是她惟一的癖好。她装着在看橱窗里摆放的东西，其实是在细细地打量自己：棕褐色的头发，蓝色的眼睛，圆圆的脸庞。她知道自己漂亮，她从来都知道，这是她惟一的幸福。

　　后来，她意识到她所看见的并不仅仅是她隐约映照的脸庞，而且是一家肉店的玻璃橱窗：一具挂着的猪骨架，几块割下的腿肉，一个猪头，那嘴巴动人而亲切，在远处的店里面，还有光家禽，脚爪全被截去了，无奈而人道地截去了，突然间，恐惧穿透了她的心，她的脸一阵抽搐，她想像着一把斧头，一把屠夫的斧头，一把外科医生的斧头，不由得紧握拳头，竭力驱除噩梦。

　　今天，伊莱娜问了她一个她不时听到的问题：她为什么从来不换个发型：不，她从来没换过，她永远也不会换，因为只有让头发贴在脑袋四周，她才漂亮。她知道美发师向来冒失多嘴，所以专挑了郊区的一家美发店，她的那些女朋友谁也不会撞上门来的。她必须保守住左耳的秘密，不惜极力克制自己，想方设法小心提防。如何协调男人的欲望和在他们眼里显得漂亮的欲望呢？首先，她寻找某种妥协（绝望地去国外旅行，在国外，谁也不认识她，也不会因为冒失暴露她），后来，再后来，她干脆彻底了断，为漂亮牺牲了自己的性生活。

她站在吧台前，慢慢地呷着啤酒，吃着奶酪三明治。她一点也不着急；她没有任何事要做。跟每个星期天一样：下午她要看书，晚上在家里一个人吃饭。

47

伊莱娜发现倦意在不断地追逐着她。她独自在房间里待了片刻，打开迷你酒吧，取了三小瓶不同的烈酒。她打开一瓶，喝了下去。她把另两瓶塞进包里，摆在床头柜上。她看见上面放着一本丹麦文的书:《奥德赛》。

"我也一样，我想到了尤利西斯。"她对刚刚回来的约瑟夫说。

"他跟你一样，不在自己的祖国。二十年。"约瑟夫说。

"二十年?"

"对，二十年，整整。"

"可他回来至少是幸福的。"

"并不一定。他发现同胞背叛了他，他杀死了许多同胞。我不认为他能有人爱。"

"可是，珀涅罗珀爱着他。"

"也许吧。"

“你不肯定？”

“我读过，读过他们重逢的那一段。一开始，她都没有认出他。后来，等一切对大家都十分明了，等求婚者被杀死，叛逆者被惩罚，她还让他经受了一系列新的考验。为了让自己确信真的是他。抑或更是为了推延他们同床的那一刻。”

“这是可以理解的，不是吗？过了二十年，都该瘫痪了。这期间她对他忠诚吗？”

“她不能不忠诚。给大家监视着。二十年的贞洁。他们相爱之夜一定是困难的。我想像在这二十年里，珀涅罗珀的性器官都缩了，萎缩了。”

“她跟我一样。”

“岂有此理！”

“不，别害怕！”她笑着高声道，“我不是说我的性器官！它没有萎缩！”

突然，她为对自己性器官的特别评价所陶醉，压低声音，对他慢慢地重复了最后一句话，重复成了粗话。然后，她又压低声音，再重复，变成了更下流的话。

这真是出乎意料！令人陶醉！二十年来，他第一次听到这些捷克粗话，他顿时兴奋不已，自从离开祖国后，从来没有这么兴奋过，因为这些粗话、脏话、下流话只有在母语（捷克语）中才能对他产生影响，而正是通过这门语言，从其根源深处，向他涌来一代又一代捷克人的激情。在这之前，他们甚至都没有拥抱过。但此时，他们兴奋异常，在短短的数十秒时间内，便开始做爱了。

他们之间的默契是彻底的，因为她也受到了这多少年来从未说出口也从未听说过的话的刺激。这是在粗俗下流的爆发中达成的彻底默契！啊，她这一辈子，是多么可怜啊！她错过了所有的癖好，错过了所有的不忠，所有这一切，她都想经历一番。她想经历她所能想像但从来未经历过的一切，诸如窥淫癖、暴露癖、他人的下流举动以及粗鲁的脏话，等等；她如今所能实现的一切，她都要试着去实现，而无法实现的一切，她想像着与其高声相伴。

他们之间的默契是彻底的，因为约瑟夫打心底清楚（也许他也在渴望），这场性爱是他最后一场了；他在做爱，仿佛要将一切，更把他过去有过的艳史和将不复存在的艳史浓缩其中。无论对他，还是对另一个而言，这都是性爱生活过程的快镜头：多少次约会之后，或者说多少年交往之后，情人们终于敢于放肆，迫不及待地要放肆一场，彼此刺激，仿佛他们想要把过去错过和将会错过的一切浓缩在一个下午的时光之中。

之后，他们气喘吁吁，仰躺在彼此的身旁，她说道："啊，我多少年没有做爱了！你都不相信，可我真是多少年没有做爱了！"

这份坦诚令他激动，奇特而深刻；他闭上眼睛。她乘机朝她的小包倾去身子，从包里拿出一小瓶烈酒；动作迅速，偷偷地喝了下去。

他睁开眼睛："别喝，别喝了！你要醉了！"

"让我喝。"她没有退让。她感觉倦意无法驱除，准备不惜一切让自己的感官保持彻底的清醒。正因为如此，哪怕他在看着，她也把第三小瓶烈酒给喝了，喝完酒，她好像在自我辩解，也好像在表示歉意，又说自己很久没有做爱了，可这一次，她用的是故乡伊塔克的粗话，顿时，下流之魔力再次刺激着约瑟夫，他又开始与她做爱。

在伊莱娜的头脑中，酒精起着双重作用：它解放了她的兴致，激励了她的胆量，使她变得性感，同时，它遮蔽了她的记忆。她野蛮而又淫荡地做爱，与此同时，遗忘之幕在抹去了一切的黑夜中又将其种种淫荡遮得严严实实。仿佛一位诗人在用瞬间消失的墨水书写他最伟大的诗篇。

48

伊莱娜的母亲把唱片放进一个大音响装置，揿了几个按钮，选定她喜爱的几首乐曲，然后进了浴缸，让门敞着，独自欣赏音乐。这是她自己的选择，总共四支舞曲，一支探戈，一支圆舞曲，一支查尔斯顿①，一支摇滚。借助音响装置的精致技术，舞曲可以不中断，反复播放。她站在浴缸里，长时间地擦洗着身子，然后走出浴缸，擦干，穿上浴衣，进了客厅。古斯塔夫跟几个路过布拉格的瑞典人吃了一顿午餐，吃了很长时间，回到家，跟她打听伊莱娜在哪儿。她回答（混杂着糟糕的英语和简单的捷克语）说："她打来了电话。晚上之前她不回家了。你吃得怎么样？"

"吃得太多了！"

"喝点助消化的酒吧。"她倒了两杯酒。

"这东西，我向来是来者不拒！"古斯塔夫高声道，一饮而尽。

母亲吹着圆舞曲，扭着胯；然后，她什么也不说，把双手搭在古斯塔夫的肩上，跟他跳了几步。

"你可是好心情啊。"古斯塔夫说。

"是的。"母亲答道，又继续跳起舞来，动作那么执着，那么富有戏剧性，古斯塔夫也跟着跳了几步，动作夸张，与之相伴的是短促而尴尬的大笑。他接受了这场滑稽的模仿喜剧，以证明不管开什么玩笑，他都不愿意扫兴，但同时，他又以胆怯的虚荣心，提醒对方注意他过去曾是一个舞场高手，而且一直都是。母亲边跳边把他引向嵌在墙上的大镜子前，两人扭过脑袋，照着镜子。

然后，她松开了他，两人谁也不碰着谁，面对着镜子，即兴摆出种种舞姿。古斯塔夫用手做了各种跳舞的姿态，和她一样，眼睛不离他俩在镜子里的形象。这时，他发现母亲的手放在了他的性器官上。

发生的这一幕在见证着男人自古以来所犯的错误：男人占有

---

① Charleston，流行欧洲的美国舞曲。

了诱惑者的角色，他们所看重的只是他们所渴望的女人；他们从来没有想过，一个丑女人或者老女人，或者根本进不了他们性想像范围的女人，竟然会想拥有他们。跟伊莱娜的母亲睡觉，这对古斯塔夫而言，是如此不可想像，如此荒诞不经，如此不切实际，被她这一碰，古斯塔夫吃惊极了，不知如何是好：他的第一反应是把那只手挪开；可是他不敢；从他很年轻的时候起，在他的脑中就已刻下了一条禁令：对女人不得粗鲁；于是，他继续做着跳舞的动作，惊恐地看着那只放在他腿间的手。

那只手始终放在他的性器官上，母亲在原地摇晃，不停地看着自己；然后，她微微地敞开浴衣，古斯塔夫看见两只丰满的乳房和下方的黑三角；他感到尴尬，觉得自己的性器官在膨胀。

母亲双眼不离镜子，最终拿开了手，可紧接着把它伸进他的裤内，把性器官紧紧地抓在手指间。性器官在发硬，而她一边继续摆着舞姿，始终盯着镜子，一边以颤抖的女低音，赞叹道:"啊，啊! 这不是真的，这不是真的!"

49

约瑟夫一边做爱，一边偷偷地多次看表：还有两个小时，还有一个半小时；这个下午做爱真是迷人，他什么也不想失去，不想失去任何一个姿势，任何一个字，可是结束的时刻在临近，不可避免，他不得不监视这消逝的时间。

她也在想着正在缩短的时间；正因为时间短促，她的淫荡变得更为迫不及待，更为疯狂，她胡言乱语，奇怪的念头一个连着一个，猜想时间已经太晚了，疯狂就要结束了，未来像一片荒漠。她又说了几句粗话，可这次是哭着说的，呜咽中，她身子发抖，再也受不了了，突然，她停止了任何动作，一把将他从自己的身上推开。

他们平躺在对方的身旁，她开口说："今天别走了，留下吧。"

"我不能。"

她沉默不语，过了很长一段时间，又说："我什么时候能再见到你？”

　　他没有回答。

　　突然，她变得坚定起来，下了床，再也不哭了；她站立着，身子转向他，突然以某种咄咄逼人的架势，而不是情意绵绵地对他说：“亲亲我！”

　　他还躺着，犹豫不决。

　　她一动不动，等着他，以其没有未来的生命的全部重负打量着他。

　　他无法承受她的目光，投降了：他爬起来，将身子靠近，将双唇落在她的双唇上。

　　她品味着他的吻，测量着这吻的冷度，说：“你坏！”

　　说罢，她转向放在床头柜上的包。她从包里拿出一个小烟灰缸，朝他一亮。“你还认识它吗？”

　　他接过烟灰缸，看了看。

　　“你还认识它吗？”她又问，神情严肃。

　　他不知如何说是好。

"看看上面的字！"

上面是一个布拉格酒吧的名字。可这名字对他说明不了什么，他沉默不语。她细细地打量着他的尴尬模样，带着某种怀疑，那么认真，而且越来越抱有敌意。

在这目光下，他感到局促不安，可就在这时，突然闪现出一扇窗户的形象，窗沿摆着一盆花，边上是一盏亮着的灯。可这形象太短暂了，瞬息即逝，他重又看见了两只抱有敌意的眼睛。

她什么都明白了：不仅仅是他早已忘记了他们在酒吧的相遇，事实更为糟糕：他根本不知道她是谁！他不认识她！在飞机上，他都不知道他是在跟谁说话。突然，她意识到：他跟她说话，但从来都没有对上过她的名字！

"你不知道我是谁！"

"什么，"他笨拙到绝望的地步，支吾道。

她俨然就是个预审法官，对他说："那叫我一声我的名字！"

他沉默着。

"我的名字叫什么！叫我一声我的名字！"

"毫无意义，名字！"

"你从来没叫过我的名字！你不认识我！"

"什么！"

"我们是在什么地方认识的？我是谁？"

他想让她安静下来，抓过她的手，可她把他推开了，说："你不知道我是谁！你诱骗了一个陌生女人！你跟一个主动送上门的陌生女人做爱！明明是一场误会，可你滥用了！你像耍娼妓一样耍了我！我对你而言只是个娼妓，一个陌生的娼妓！"

她扑倒在床上，哭泣着。

他看见了扔在地上的三个小酒瓶，说："你喝得太多了。喝这么多，真不该！"

她没有听他在说什么。她趴在床上，身子在不停颤抖，而脑子里，她想到的只是等待着她的孤独。

后来，她好像是累了，停止了哭泣，仰过身子，无意中两条大腿就那么随随便便地叉开着。

约瑟夫还站在床前；他看着她的性器官，仿佛在望着虚无，突然间，他看见了那座砖房，还有一棵冷杉。他看了看手表。他还可以在旅馆待半个小时。他得穿上衣服了，他必须想方设法，硬让她也穿上衣服。

50

当他从她身上滑下来，两人一言不发，只听得四支舞曲在不断地反复播放。过了很久很久，母亲仿佛在念一份协定的条文似的，以清晰而近乎庄严的声音，用她的捷克英语说："我们是强壮的，你和我。We are strong. 可我们也很好，good，我们对谁也不伤害。Nobody will know. 谁也不会知道。你是自由的。你想要什么都可以。可你不是被迫的。你与我一起是自由的。With me you are free！ ①"

这一次，她说的话没有一点滑稽模仿的味道，而是以再也严肃不过的语气。古斯塔夫同样严肃地答道："是的，我明白。"

"你与我一起是自由的。"这句话在他心间久久回响。自由：他从她女儿身上寻找，可没有找到。伊莱娜以其生命的整个重负委身于他，而他则渴望没有重负地活着。他在她身上寻找逃避，可她却像挑战一般站立在他面前；就像一个谜；像一个有待完成的壮举；像一个必须面对的法官。

　　他看见他新情人的身子从沙发上站了起来；她站立着，把背部展示给他，那屁股强壮有力，鼓鼓的，像只蜂窝；这蜂窝令他着迷，仿佛在展现皮肤的活力，那皮肤在起伏，在颤抖，在说话，在歌唱，在扭动，在展露；在她弯腰去捡扔在地上的浴衣时，他实在无法控制自己，赤裸着躺在沙发上，抚摸那漂亮的鼓起的屁股，他摩挲着这壮观而丰满异常的肌肉，它慷慨地挥霍，给了他安慰，给了他安宁。一种安宁的感觉包裹着他：他生来第一次，这性的关系处于任何危险、任何冲突、任何悲剧、任何迫害、任何犯罪感、任何烦恼之外；他用不着去照管什么，是爱在照管着他，这是他渴望得到而从未有过的爱：这是静止之爱；遗忘之爱；逃避之爱；无忧之爱；无意义之爱。

　　母亲进了浴室，他一人待着：片刻前，他想自己犯下了滔天

---

① 对话中的英文，分别为：我们是强壮的；好；谁也不会知道；你与我一起是自由的。

大罪；可此时，他知道他做爱的行为与恶癖、违法、堕落没有任何牵扯，是再也正常不过的正常事。他跟她，母亲，组成了一对，平凡、自然、相配而令人惬意的一对，一对安详的老人。从浴室里传来水声，他坐在沙发上，看了看手表。再过上两小时，他这个新情人的儿子就回来了，那个年轻人很钦佩他。古斯塔夫要在今天晚上把他引荐给商界的朋友。他这一辈子，身边总是围着女人！如今终于有了个儿子，多开心啊！他微微一笑，开始找散落在地上的衣服。

等母亲身穿睡袍从浴室回来，他已经穿好衣服。这场合有那么一点庄严，也有那么一点尴尬，就像是所有这样的场合，第一次做爱之后，情人们总是要面对他们不得不承担的未来。舞曲还在响着，在这微妙的时刻，这舞曲仿佛想救他们一把，从摇滚变成了探戈。他们听从了舞曲的劝诱，搂抱在一起，沉醉在这单调、发腻的声潮中；他们什么都不去想；他们任由自己被带走，被裹挟；他们跳着舞，慢慢地，久久地，没有丝毫的滑稽模仿相。

51

　　她的哭泣声持续了很久，突然间，仿佛奇迹一般，哭泣停止了，随之而来的是一声重重的呼吸：她昏昏入睡了；这一变化令人惊诧，而又令人悲伤地可笑；她在睡，深深地睡，无法克制。她没有变换姿态，仍然仰躺着，大腿叉开着。

　　他始终在看着她的性器官，看着这一小块地方，它以其令人赞叹的空间布局，承担着四大功能：刺激，交媾，生殖，排尿。久久地，他望着这个魅力不再的可怜处，顿时感到无边的、无边的悲哀。

　　他蹲在床边，俯身看着温柔地发出呼呼声的脑袋；这个女人与他很近；他可以想像留下跟她在一起，照料她；在飞机上，他们相互承诺决不打听彼此的私生活；他对她一无所知；可有一件事对他而言是明白无误的：她爱着他；时刻准备与他一起走，离开一切，重新开始一切。他知道她在呼唤他救助。他有一个机会，无疑是最后一个机会，可以有点用处，可以帮助某人，可以在这布满星球的无数的异乡人中间，找到一个姊妹。

　　他开始穿衣服，小心地，悄悄地，为了不惊醒她。

52

　　和每个星期天晚上一样，她独自一人待在她那个简朴的属于贫穷科学家的单间公寓里。她在屋子里来回走动，吃的是中午一样的东西：奶酪、黄油、面包、啤酒。身为素食者，她命中注定只能吃这千篇一律的食物。自从到过那山区医院，一见到肉，就会让她想起她的身体也有可能像头肉牛一样被宰割，被吃掉。当然，人不吃人肉，这会让他们感到恐惧。可这种恐惧反而证实了人是有可能被吃掉，被咀嚼，被吞咽，变成粪便的。而米拉达知道，对被吃掉的恐惧只不过是另一种更为普遍、源自于整个生命深处的恐惧造成的结果：对于肉体，对以肉体形式存在的恐惧。

　　她吃了晚饭，进浴室洗手。然后，她抬起头，在盥洗盆上方的镜子里照了照自己。这跟刚才在橱窗玻璃前打量自己的漂亮时是完全不同的目光。这一次，目光是紧紧的；她慢慢地掀起贴在双颊上的头发。她看着自己，仿佛被迷住一般，久久地看着，看了很长时间，然后她又放下头发，把头发在脸庞四周整理好，回到房间里。

　　在大学时，去别的星球旅行的梦想一直诱惑着她。要是能逃离宇宙，逃得远远的，逃到生命的表现形式跟这里完全不一样，用不着肉体的某个地方，该多幸福啊！可是，尽管发射了那一枚枚令人惊诧的火箭，人在宇宙上还是走不了多远。人的生命之短促使天空成为一个黑罩，人的脑袋总是要被撞得粉碎，重又落回凡有生命的一切都在吃，也有可能被吃掉的地球上。

　　可怜与骄傲。"死人与孔雀同在一匹马背上。"她伫立在窗前，望着天空。没有星星的天空，似一顶黑罩。

53

　　他把所有衣物都装进手提箱，环视房间，以免忘了什么。然后，他坐到桌前，在一张印有旅馆抬头的信笺上写道：

　　"好好睡吧。房间你可以用到明天中午……"他本想给她说点很温柔的话，可同时，他又严禁自己给她留下一个虚假的词。最后，他加了一点："……我的姊妹。"

　　他把信笺放在床边的地毯上，确信她一定会看见。

　　他拿起上面写着"请勿打扰，*don't disturb*"的硬纸牌；走出房间，他又转身，面朝还在沉睡的她，站在过道里，把硬纸牌挂在门把手上，悄无声响地拉上了门。

　　在大堂里，他到处听到说捷克话的声音，这又成了一门陌生的语言，单调、发腻，让人不舒服。

　　在结账时，他说："有个太太还在我房间里，她晚些时候再走。"为了保证谁也不会朝她投去恶毒的目光，他把一张面值五百克朗的纸币放在接待小姐面前。

　　他乘了辆出租车，启程去机场。已经到了夜晚。飞机飞向黑黑的天空，然后钻入云层。几分钟后，天空洞开，恬静而亲切，布满星星。他透过舷窗，看见在天空深处有一圈低矮的木栅栏，在一座砖房前，一棵细高的冷杉，像一只举着的手臂。